〔法〕亚历山大·小仲马 著

张立辉 译

茶花女

La Dame aux Camélias

台海出版社

图书在版编目（CIP）数据

茶花女 / (法) 亚历山大·小仲马著；张立辉译. --
北京：台海出版社，2020.7
ISBN 978-7-5168-2613-3

Ⅰ.①茶… Ⅱ.①亚…②张… Ⅲ.①长篇小说－法
国－近代 Ⅳ.① I565.44

中国版本图书馆CIP数据核字（2020）第092119号

茶花女

著　者：〔法〕亚历山大·小仲马	译　者：张立辉
出 版 人：蔡　旭	封面设计：@嫁衣工舍
责任编辑：王慧敏	

出版发行：台海出版社

地　　址：北京市东城区景山东街 20 号　邮政编码：100009

电　　话：010-64041652（发行，邮购）

传　　真：010-84045799（总编室）

网　　址：www.taimeng.org.cn/thcbs/default.htm

E - mail：thcbs@126.com

经　　销：全国各地新华书店

印　　刷：天津兴湘印务有限公司

本书如有破损、缺页、装订错误，请与本社联系调换

开　　本：880 毫米 ×1230 毫米　　1/32

字　　数：179 千字　　　　　印　张：8

版　　次：2020 年 7 月第 1 版　印　次：2020 年 7 月第 1 次印刷

书　　号：ISBN 978-7-5168-2613-3

定　　价：49.80 元

版权所有　　翻印必究

序言

　　《茶花女》是 19 世纪法国戏剧家、小说家亚历山大·仲马（世人称之为"小仲马"，1824—1895）依据自身经历所创作的小说。小仲马之父是法国 19 世纪浪漫主义作家亚历山大·仲马（世人称之为"大仲马"，1802—1870）。

　　1823 年，大仲马在巴黎与缝衣女工卡特琳娜·拉贝同居。第二年，小仲马诞生。当时大仲马仅仅是个默默无闻的抄写员，后来在戏剧创作和小说创作上获得巨大成功，成为法国 19 世纪浪漫主义文学的代表人物。随着社会地位的提高和经济状况的改善，大仲马越来越嫌弃拉贝的低贱身份。直到 7 岁，小仲马才在法律上获得大仲马的承认。因私生子的身份，他饱尝人间冷暖。

　　1844 年 9 月，小仲马与巴黎名妓玛丽·杜普莱西一见钟情。玛丽出身贫苦，流落巴黎，被迫成为妓女。她十分看重与小仲马的真挚爱情，但为了生活，仍与有钱的情人们保持关系。小仲马负气出国，还留下了一封绝交信。与此同时，大仲马在得知儿子的事之后，也反对其与该妓女交往，不准儿子留在巴黎。

　　1847 年，小仲马返回法国，得知年仅 23 岁的玛丽因忧伤过度和肺病复发而死。在其病重期间，那些往日的追求者都弃她而去。根据其遗嘱，其遗物拍卖所得钱款，除还债外，全都给了她生活在诺曼底乡下的外甥女。小仲马满怀悔恨与思念，将自己囚于郊外，闭门谢客，创作出了这部《茶花女》。

1848 年，小说《茶花女》一经出版，便成为热门的畅销书。尽管《茶花女》在法国称不上经典杰作，但它无疑是世界上流传最为广泛的名著之一，在名气上不亚于其他任何经典名著。后来，它被改编为戏剧，数年后得以公演，又一炮打响。小仲马春风得意，成为法国文坛的宠儿。此后，小仲马又创作并发表了许多小说和戏剧。到 1870 年大仲马去世时，小仲马的声名已经超过其父。他拥有广大的读者，在很多人心目中他就是那个时代最伟大的作家。

《茶花女》是众多描写妓女形象的作品中的经典，它的成功之处在于塑造了一个光辉的被侮辱与被损害的人物形象——妓女玛格丽特。她虽然沦落风尘，但仍然保留着一颗纯洁、高尚的心灵；尤其在感情上，玛格丽特是如此善良、真诚。

可以说，《茶花女》是一部不朽的杰作，它超越时空的艺术魅力至今仍散发着光辉。这是一个以"情"动人的悲情故事。玛格丽特的爱情悲剧只是她一生悲剧的缩影。她的不幸对我们来说是一种启示，告诉我们这个世界并不完美，存在人性的软弱和社会的丑恶。

目录

第一章

在我看来，只有将人了解得完全透彻之后，才能够创造出人物角色。这就好比要使用一门语言，就得先学好这门语言。

我只能说，自己还没到能创造出人物角色的年纪。

因此，我希望读者们对这个故事深信不疑，它确实是真实存在的。这个故事里的所有人物，除了女主人公，至今都还活着。

另外，我在此记述的大部分事实，在巴黎有一些见证者；如果我的话不足以令人信服，他们可以为此做证。出于机缘巧合，只有我才能写出这个故事，因为了解事情始末的人只有我；而且，也只有我才能把它讲述得有趣而完整。

接下来，就来说说我是如何得知这些细节的。

1847年3月12日，在拉菲特大街上，我看到了一张黄色的大海报，上面说要拍卖不少家具和稀罕之物。这笔生意是在物主亡故之后做的。海报上未提及亡故之人的姓名，但写着拍卖会的举办时间和地点：16日中午12时至下午5时，昂坦街9号。

海报上还说，大家可以在13日和14日对宅子和家具进行参观。

我一直都是个珍玩爱好者，心想一定不能错过这次机会，就算不买点儿，也得去瞧一瞧。

第二天，我便去了昂坦街9号。

当时时间还很早，可房子里已经来了参观者，甚至其中还有一些女客。尽管她们穿着天鹅绒的衣服，披着开司米①披肩，还有优雅的四轮马车在门外候着，但她们却用惊讶甚至赞叹的眼光打量着眼前的奢华摆设。

没过一会儿，我就晓得她们为何会如此赞叹和惊讶了。我打量了一下四周，很快就发现自己正身处一个被包养的女人的公寓。眼下，上流社会的女人——这里刚好有——想看的正是这类女人的房间。论穿着打扮，这些贵妇人在她们面前往往会黯然失色。在歌剧院里，她们也像贵妇人那样，拥有自己的包厢，并且能和她们平起平坐；在巴黎街头，她们可以不知羞耻地卖弄风情，炫耀自己的珠宝和"风流韵事"。

在这里住的那个女人已经一命呜呼，所以连至贞至洁的女人都能进到她的房间。

这个富丽堂皇的淫秽之所的空气，已经为死亡所净化。况且，若有必要，她们完全可以推说自己是为拍卖而来，压根儿不晓得其他情况。她们看到了海报，想来瞧瞧海报上展示的物件儿，预先挑挑选选，这再正常不过了。话虽如此，但这并不影响她们从这里所有的精致摆设上去琢磨这个交际花的生活痕迹。毫无疑问，她们对有关这类女人的奇闻逸事早有一些耳闻。

遗憾的是，那些秘事已经伴着这位绝世美人一起烟消云散了。这些贵妇人尽管满心期待，但也只能对着死者即将被拍卖的

---

① 开司米，克什米尔（Cashmere）的音译，山羊绒的俗称。在历史上，克什米尔曾经是山羊绒的集散地。

遗物啧啧称羡，却看不出这个女主人生前享受过的"交际"生活的蛛丝马迹。

然而，可买的物件儿还真不少。这里的摆设豪华气派，布尔①雕的玫瑰木家具，塞夫尔②和中国的花瓶，萨克森③的小雕塑，还有绸缎、天鹅绒和花边衣物，真是应有尽有。

我就随着先到的那些充满好奇的淑女名媛，在这所公寓里走来走去。她们走进了一个挂满波斯帷幔的房间，我正想随之而入，她们却嬉笑着匆匆退出来，似乎为这次新的猎奇感到害臊，这反倒让我更想进去一探究竟。原来，这是一个摆满各种精致的梳洗用具的梳洗室，由此就可以想象其主人在世时是何其奢侈。

在墙边有一张宽三英尺、长六英尺的大桌子，上面摆放的阿库克和奥迪奥④制造的各色珍宝熠熠生辉，那真是美不胜收啊。这千八百的小物件儿不是用黄金打造的，就是用白银制成的，它们可全都是这家女主人梳妆打扮的必备之物。不过，这么多物件儿必定不是一个情夫所送，只可能是一件一件攒起来的。

在看到一个被包养的女人的梳洗室时，我却并未觉得反感。对于任何一个物件儿，我都饶有兴趣地细细赏玩。我发现，这些

---

① 安德烈－查尔斯·布尔（1642—1732），法国路易十四时期最优秀的家具工艺师，擅长在木制家具上精工镶嵌。

② 塞夫尔，法国最著名的瓷器产地之一，曾有诸多著名的画师于此创作精美的陶瓷绘画，其早期的瓷器当时只供给皇室以及贵族收藏与展示。

③ 萨克森，德国一地区，出产特色瓷器，主要为精美的人物及"人物组合"小雕像，其中一些作品描绘了各种宫廷生活的景象，如跳舞、奏乐和恋爱场面。

④ 阿库克和奥迪奥，19世纪前后巴黎著名的金银器匠。

精美的用具上全都镌刻着不同人名的首字母，还有各式各样的纹章① 图案。

我把所有的这些玩意儿全都细细察看了一遍，每一样都让我联想到那个可怜女子的一次肉体交易。我告诉自己，上帝对她还算仁慈，没让她遭受通常意义上的那种惩罚，而是让她在大好年华死在奢华的生活之中。对这些妓女来说，人老珠黄就相当于第一次死亡。

毫无疑问，没有什么比放荡之人——尤其是女人——的晚年更令人痛心的了。这样的晚年毫无尊严可言，也得不到他人的一丝同情。但这些女人并不会追悔早年流落风尘，而是后悔打错了算盘，浪费了金钱，这种抱恨终身的心情或许是人们所知道的最可悲的事情。我认识一位老妇人，她早年风流一时，但岁月最终只留给她一个女儿。据当时的人讲，她的女儿简直跟她年轻时一样美丽动人。可这个母亲从未把这个可怜的孩子当作自己的女儿，只是想让她来供养自己，就像她把她养大一样。这个可怜的女孩叫路易丝。她心中不愿却又不敢违背母亲的意思，于是便行尸走肉般委身于人，就像是有人想让她学一种活计，她去做就是了。

这个女孩长时间浸淫于荒淫无耻的糜烂生活，很早就过起了糜烂生活；而且，她长久以来体弱多病，头脑中明辨是非的心智被抑制住了。上帝或许曾赋予她这样的心智，但从未有人想过让它发挥作用。

---

① 纹章，指一种按照特定规则构成的彩色标志。欧洲中古时代就有自己的纹章体系。后来，许多贵族多将其纹章镌刻于家用器物上，作为标记。

我永远也不会忘记这个年轻的女孩。每一天，她几乎都在同一时间走过大街。她的母亲一直如影随形，犹如一个真正的母亲不知疲倦地陪伴着自己的女儿。那时候我年纪尚轻，很容易受那个时代淡薄的道德观念的影响；但我仍然记得，对于这种丑陋的监视行为，我打心眼儿里觉得不屑和反感。

　　还有，她脸上的那种天真无邪而又如此忧郁的神情，是在任何一个处女的脸上所看不到的。

　　那看起来就像怨妇①的头像。

　　有一天，这个女孩突然容光焕发。在母亲为她安排的堕落生活里，她这个罪人竟获得了上帝的一点儿恩赐。毕竟，上帝已经造就了她懦弱的性格，为什么就不能在其生命承受痛苦生活的重压时安慰她一下？于是这一天，她发觉自己已经怀孕了，心中仍残留的那点儿纯洁思想让她重拾喜悦。人的灵魂有不可思议的寄托。路易丝赶忙跑去将这个令她欣喜若狂的消息告诉了母亲。说来也真让人觉得不好意思，但我们并不是想编造什么风流韵事，而是在讲述一个事实，即如果我们认为没必要总揭露自己的本性，那最好就隐藏起来。对于这些人类的牺牲品，人们总是谴责而枉顾她们的申诉，鄙视她们而又不给予公正的评判，我们觉得这才是可耻的。然而，那个母亲却对女儿说，她们两个人生活就已经很困难了，三个人就更困难了；再说，这样的孩子还是没有的好，怀着孩子纯粹是在浪费时间。

　　第二天，有一个助产婆——我们就当她是那个母亲的一个朋

---

　　① 怨妇，指巴黎圣厄斯塔什教堂里一座大理石雕成的神情哀怨的女性头像。

友——来探望路易丝。在床上躺了几天的路易丝再下床时，脸色比以前更加苍白，身体也比以前更加虚弱了。

三个月之后，有一个男人同情她，开始帮助她恢复身心。可是，最后一次打击来得太过沉重，路易丝最终因流产后遗症而死。

她的母亲还活着，过得如何呢？天知道！

在我审视这些金银用具时，这件事又在我的脑海中浮现。随着我的沉思，时间仿佛已悄然逝去，屋子里只剩我一个人了。有一个看守人正从门外认真地监视我，看我有没有偷东西。

我走到这个已经被我搞得心烦意乱的看守人面前。

"先生，"我对他说，"您能告诉我原本住在这儿的房客是谁吗？"

"玛格丽特·戈蒂埃小姐。"

我知道她，也见到过她本人。

"怎么，"我问看守人，"玛格丽特·戈蒂埃死了吗？"

"是呀，先生。"

"什么时候的事儿？"

"我想有三个星期了。"

"为什么要让大家来参观呢？"

"债权人觉得这样做能抬高卖价。人们可以提前瞧瞧这些织物和家具如何。您知道，这样能招徕顾客。"

"这么说，她还有债务？"

"哦，先生，好多好多哪！"

"可卖东西的钱大概能偿清了吧？"

"还有富余。"

"那剩下的钱交给谁？"

"给她的家人。"

"她还有家人？"

"好像有。"

"谢谢您，先生。"

搞清楚了我的意图之后，看守人放下心来，对我行了一个礼，我就出去了。

"可怜的姑娘！"在回家的路上，我自言自语道，"她一定死得很惨，因为在她生活的世界里，只有你好起来，你才会有朋友。"

我不禁为玛格丽特的命运感到难过。

对很多人来说，这似乎过于荒谬，但我对风尘女子总是无限宽容，甚至不愿意就这种宽容与人争论。

有一天，我到警察局去拿护照，偶然间看到邻街有两个警察要带走一个女子。她犯了什么罪，我并不知道。只见她怀中抱着一个几个月大的孩子，正涕泪交加地亲吻。她被带走之后，这对母子便要骨肉分离了。打那天起，我就再也不敢轻易小瞧一个女人了。

第二章

拍卖会于 16 日举办。

在参观与出售之间留出了一天，留给地毯商拆除帷幔、壁毯什么的。

当时，我刚好旅行归来。当有人回到消息灵通的首都时，他的朋友总会告诉他一些大新闻。不过很自然地，他们不太会将玛格丽特的死当作什么大新闻来跟我说。玛格丽特颇有姿色，但这样的女人生前所追求的生活闹得沸沸扬扬，死后却鲜有人闻。这些女人就像是星辰，初升和陨落时都黯淡无光。倘若她们年纪轻轻就香消玉殒，那么她们所有的情人都会知晓；因为在巴黎这个地方，一位名妓几乎所有的情人都是生活中的密友。大家会交换一些有关她的记忆，然后彼此的生活继续，而她的死甚至丝毫都不会影响他们。

现如今，人到了 25 岁，眼泪都变得如此稀罕，以至于不能遇到什么事儿就流泪。最可能出现的情况是，只为他们的父母流上几滴泪，因为父母为他们花费过金钱。

对我而言，尽管玛格丽特的任何一件必备之物上都找不到我的名字，可是我刚刚承认过的那种本能的宽容和天生的怜悯，让我对她的死久久难以释怀。也许，她并不值得我如此怀念。

我还记得，以前经常在香榭丽舍大街遇到玛格丽特，她每天都会乘坐一辆四轮马车风尘仆仆地赶到那里，拉车的是两匹健壮的栗色骏马。在她们那类人里，她气质独特，而这又进一步衬托出了一种非凡的美丽。

这些不幸的人儿外出时，总得有个什么人伴着。

这是因为，哪个男人都不愿意公开自己与这种女人的暧昧关系，而她们又不甘寂寞，于是就找个女伴儿陪着。这些做伴儿的有些是过得没那么体面，没有自己的车子的人，还有些是怎么打扮也白搭的老妇人。无论是谁，如果想知道她们所陪伴的女人的任何大事小情，都可以放心大胆地去请教她们。

玛格丽特却与众不同，她总是独自一人到香榭丽舍大街，冬天裹着开司米大披肩，夏天穿着极为淡雅的长裙；而且在马车上，她会尽量靠在一边，不惹人注意。尽管在这条她喜欢散步的大道上有不少熟人，但她也只是偶尔对他们微微一笑。只有这些人才能察觉到，这仿佛是一位公爵夫人才有的微笑。

她也不像她的那些同行，喜欢在圆形广场和香榭丽舍大街街口之间徘徊。那两匹骏马会拉着她飞快地到达郊外的布洛涅森林①。她在那儿下车，独自漫步一个小时，然后再登上四轮马车，迅速赶回家。

这些我亲眼所见的场景现在仍历历在目。对于她的早逝，我颇感惋惜，就如同一件精美的艺术品被毁时，人们感到惋惜那样。

---

① 布洛涅森林，法国巴黎城西边的一片森林，是当时上流社会人物的游乐胜地。

没错，玛格丽特可真是个绝世美人儿。

她的身材颀长，多少瘦了些，但她却拥有一种非凡的能力，仅仅在穿着打扮上花点儿功夫，就把这种造化的疏忽遮掩过去了。她身上披着及地的开司米大披肩，两侧显露出长裙的宽镶边。紧贴在她胸前的是暖手用的厚实的暖手笼，它周围的褶裥都设计得极为精巧，所以，无论眼光如何挑剔，那线条都挑不出毛病。

她的头饰相当美观，简直是一件美妙至极的珍品。她的头小巧玲珑，就如缪塞①所言，她的母亲似乎刻意将它生得如此小巧，以便对它精雕细琢。

她那张鹅蛋脸上流露着一种难以言表的风韵，上面嵌着两只乌溜溜的大眼睛。两条眉毛弯弯的，又细又长，纯净得就像是画上去的。她眼睛上覆着浓密的睫毛，眼帘低垂时，给玫瑰色的脸颊添上一抹淡影；鼻子细巧而直挺，透露着一种灵气，鼻翼稍鼓，仿佛对情欲生活强烈渴望；小嘴端端正正且轮廓分明，稍启嘴唇便露出一口洁白的牙齿；皮肤的颜色就像是无人触摸过的蜜桃上的绒衣——这些便是这张美丽容颜给人的大概印象。

她的头发是黑玉色的，卷曲得如同波浪一般，不晓得是天然卷曲还是梳理而成的。它们在额头被分梳成两大绺，一直延伸到脑后；耳垂露了出来，上面闪烁着两颗钻石耳环，每一颗都价值四五千法郎。

_____

① 缪塞（1810—1857），19 世纪法国浪漫主义诗人、小说家、剧作家，其诗歌真切动人，其戏剧和小说真实刻画了法国某些阶层的生活及心态，颇具时代色彩。

玛格丽特过的是激情的生活，可她脸上的神情为何却呈现着处女般的童真特征？这着实让人百思不解。

　　玛格丽特拥有一幅维达尔^①为她绘就的美妙的画像。维达尔是唯一一个能用画笔把她画得惟妙惟肖的人。在她去世之后，这幅肖像画在我手上待了几天，那上面的人物近乎其本人，以至于它提供了一些我可能记不太清的信息。

　　这一章介绍的细节里，有些是直到后来我才知晓的。不过，我现在就将它们写出来，以免在开始讲述这个女人的逸事时再费唇舌。

　　所有的首场演出，玛格丽特都未曾错过。在剧场里或舞会上，她一待就是一整晚。每当有新剧作上演，我们保准能在剧场里见到她。她有三件东西从不离身，而且总是被摆放在底层包厢的前部，那就是一副望远镜、一袋子蜜饯和一束山茶花。

　　在每个月里，有 25 天她的山茶花是白色的，而其余 5 天则是红色的。谁也不知道这种颜色的差异有何缘由，我也猜不透这其中的奥秘。她经常光顾的那些剧院里的常客和她的朋友们，也都像我一样注意到了这个情况。

　　除了山茶花，没有人见过玛格丽特带着其他的花。因此，在她常去的巴尔戎夫人的花店那里，人们给她起了个绰号，名曰"茶花女"。由此，这个绰号便一直流传至今。

　　此外，据我所知，就像生活在某个特定圈子里的人那样，玛格丽特在巴黎一直都是翩翩公子的情妇。她本人对此评价颇高，

---

　　① 维达尔（1811—1887），当时法国著名的肖像画家，善绘巴黎上流社会人士，是法国名画家保罗·德拉罗什的学生。

而那些公子哥儿也都以此为荣。由此可见，这情夫与情妇彼此都颇为满意。

然而，据说自巴涅尔①旅行归来之后，玛格丽特就只跟一个外国老公爵住在一起。当时那个老公爵相当富有，他曾想方设法要让玛格丽特摆脱之前的生活。而且，她似乎也心甘情愿那样去做。

以下便是别人告诉我的内容。

1842 年的春天，玛格丽特身体变得非常虚弱，而且每况愈下。医生强烈建议她到温泉疗养地去疗养，于是她便去了巴涅尔。

在那里的病人当中，有一个公爵的女儿。她不仅与玛格丽特同病相怜，还拥有与玛格丽特十分相似的容貌，以至于人们甚至会把她俩误认为孪生姐妹。只是，这位公爵小姐的肺病已处于Ⅲ期，玛格丽特到这儿没几天，她就去世了。

在女儿去世之后，公爵仍留在巴涅尔，就好像是这个地方埋葬了他心的一部分，让他不忍离去。一天早晨，他在一个小巷的拐角遇到了玛格丽特。

他仿佛看到自己女儿的身影在眼前闪过。他朝她走过去，拉住了她的手，泪流满面地亲吻着她。甚至，他都没问她是什么人，就恳求她允许他去见她，允许他把她当作女儿的鲜活替身，像宠爱自己去世的女儿那样去宠爱她。

跟玛格丽特一起待在巴涅尔的只有她那个女仆，再说她也不担心坏了名声，于是就答应了公爵的请求。

---

① 巴涅尔，法国的一处温泉疗养地，在此疗养的大多是贫血症患者。

在巴涅尔，有一些人知道玛格丽特是个怎样的人。他们专诚去提醒公爵，告诉他戈蒂埃小姐的真实身份。对这位老人来说，这是一个沉重的打击，因为如此一来玛格丽特就再也不像他的女儿了。然而为时已晚，这个年轻的女子已经成为他心灵的寄托，也成为他继续活下去的唯一理由。

　　这位老公爵并没有责备玛格丽特，他也没有资格那么做，但他告诉她，倘若她能改变自己的生活方式，那么他愿意倾其所有来对她做出补偿。玛格丽特应允了。

　　要注意的是，当时的玛格丽特是一个生性热情的人，而且还在生病。在她看来，自己过去的生活方式是造成疾病的一个主要原因。出于一种迷信的想法，它希望借由自己的悔改和皈依来换取上帝赐予的美丽和健康。

　　果不其然，当夏天就快要结束时，温泉浴、散步以及自然的疲倦和睡眠，让她的健康几乎得以恢复。

　　老公爵陪着玛格丽特来到了巴黎，在那里他还是经常去探望她，就像在巴涅尔时那样。

　　两人之间的这种关系，既没人知道其真正的缘由，也没人了解老公爵真实的动机，因而其在巴黎引起了极大的轰动。因为老公爵原本是以其巨额财富而著称的，而如今却以奢华无度而闻名。

　　人们把老公爵和玛格丽特走到一起归因于老男人的自由放纵，这在有钱的老男人中颇为常见。大家对这种关系有各种各样的猜测，但就是没猜到点上。

　　其实，这位父亲对玛格丽特的感情是极为纯洁的，以至于在他看来，除了心灵上的交流，与她产生任何其他的关系都是乱伦。他从未对她说过一句自己女儿不宜听到的话。

要想让我们的女主人公做些其他的事情，远非我们所能想象的。所以，我们要说的是，只要玛格丽特留在巴涅尔，她对老公爵所做的承诺就不难兑现，而且她也确实兑现了；但一旦回到巴黎，这个已经习惯了挥霍享乐、跳舞狂欢的姑娘便耐不住寂寞了。她的那种只有老公爵定期来访才得以缓解的孤独，让她觉得极度空虚，而过去生活的火辣气息一下子就涌上心头。

另外，自这次旅行归来，玛格丽特显露出前所未有的娇艳妩媚。她正值 20 岁芳龄，她的病并未根除，但看起来颇有起色。她狂热的情欲由此被激发，但这种情欲往往是肺病的症状。

公爵的友人们总是提醒公爵，跟玛格丽特在一块会损害他的名誉。这些人一直在监视玛格丽特，想要拿到她行为不端的证据。一天，他们拿着确凿的证据来告诉公爵，在料定公爵不去探望她的时候，玛格丽特接待了其他人，而且一直待到了第二天。得知此事后，公爵心中痛苦万分。

在接受公爵盘问的时候，玛格丽特全都承认了，还坦率地劝告公爵以后不要再关心她了，因为她觉得自己已经无力信守承诺，而且她也不想再接受一个来自被她欺骗的男人的好意了。

之后的一个星期，公爵都没有再出现，他也仅仅能做到这个地步了。到了第八天，他就跑来恳求玛格丽特，希望她还能像之前一样跟他往来，只要能见到玛格丽特，他同意完全让她随心所欲，还发誓说，即便是死也不会再责备她了。

这便是玛格丽特回到巴黎三个月之后，也就是 1842 年 11 月或 12 月的状况。

第三章

16日下午1点，我去了昂坦街。

拍卖师的吆喝声在大门口就能听到。

公寓里满是好奇的家伙。

柳巷花街里名媛悉数到场，一些贵妇人正在偷偷地打量她们。现在，她们又可以借着参加拍卖会的名义，好好瞧瞧那些她们未曾有机会与之密切接触的女人。想来，她们或许还在暗地里羡慕这些女人的享乐生活呢。

F公爵夫人的手臂碰到了A小姐；A小姐是现今妓女圈里典型的短命美人儿。T侯爵夫人想买下D夫人不断在抬价的那件家具，可又拿不定主意；D夫人算得上是当代最风流最有名的荡妇。再看那位Y公爵，在马德里风传他在巴黎破产了，而在巴黎则风传他在马德里破产了，可事实上他连每年的年金都花不完。这时候他正一边与M太太闲聊，一边却在跟N夫人眉来眼去。

M太太幽默风趣，在讲故事方面是一把好手，她经常想把自己讲的那些玩意儿记录下来，然后署上自己的芳名。美丽的N夫人常在香榭丽舍大街走来走去，所穿的衣物缺不了粉红和天蓝这两种颜色，为她拉车的是一对又高又壮的黑色骏马。就这两匹马儿，托尼^①跟她要了 10000 法郎……她一个子儿也没少给。最后还有一位 R 小姐，她凭借个人的才能获得地位，这令那些依赖嫁妆的贵妇们自愧不如，而那些靠着爱情生活的女人更是可望而不可即。她枉顾寒冷的天气，赶着来买些东西，也吸引着人们的目光。

在这间屋子里，我们还能列举出许多汇集此地者的姓氏首字母，这些人在此相遇连他们自己也感到相当惊讶。不过，为了免于令读者反感，请原谅我就不一一介绍了。

我必须要说的一点是，当时大家都兴致勃勃。在那些女人里面，有不少人曾跟死者相熟，但现在对死者好像没有丝毫缅怀之情。

大家谈笑风生，拍卖师拼了命地大声呼喊。拍卖桌前的凳子上坐满了商人，他们声嘶力竭地让大家保持安静，好让他们踏踏实实地做买卖，可大家置若罔闻。像这般人员混杂、喧闹异常的集会倒是头一回。

我不声不响地混入这嘈杂的人群中。我想到这般情景就发生在这个可怜女人香消玉殒的卧室近旁，为的是拍卖她的家具来偿还她生前所欠的债务，心里不免感到惆怅万分。与其说我是来买物件的，不如说我是来看热闹的。我望着几个拍卖商的脸——每当某件物品叫到令他们感到意外的高价时，他们就笑开了花。

那些在这个女人的妓女生涯上做过投机生意的家伙，那些在她身上获取大把钱财的家伙，那些在她临终前带着贴了印花的借据来与她纠缠不休的家伙，还有那些在她死后来收取冠冕堂皇的

---

① 托尼，当时的一位著名马商。

账款和无耻高额利息的家伙，可都是些正人君子呀！

难怪古时的人说，商与盗信奉的乃是同一位上帝，这话真是千真万确！长裙、开司米披肩以及首饰，一下子就卖光了，快得让人难以置信。可对我来说，那些东西没有一件有用，所以我一直在观望。

突然，我听见拍卖师喊道："名曰《曼侬·莱斯戈》^①的精装书一本，装订考究，烫金书边，扉页上标着几个字，起拍价 10 法郎。"

现场沉默良久，之后，有一个人喊道："12 法郎。"

"15 法郎。"我喊道。

我为什么要出这个数呢？连我自己也不太清楚，也许是因为那上面的几个字吧。

"15 法郎！"拍卖师又喊了一次。

"30 法郎！"首位出价者又开口了，那口气就好像是对别人加价感到不爽。

这样一来，就变成一场较量了。

"35 法郎！"我用相同的口气喊道。

"40 法郎！"

"50 法郎！"

"60 法郎！"

"100 法郎！"

我得承认，倘若我是打算惹人注目，那么我就已经成功地达

①《曼侬·莱斯戈》，18 世纪法国神父普列服（1697—1763）于 1731 年所著的长篇小说。

到了目的，因为在这一次争着加价时，全场一点儿声响也没有，人们都盯着我，想瞧瞧这位仿佛铁了心要拿到这本书的先生究竟是个怎样的人物。

我最后一次叫价的口气好像把对手镇住了，大概他觉得最好还是退出这场较量。这场较量白白地让我花了 10 倍于原价的价钱买下了一本书。于是，他对着我弯了弯腰，尽管不够及时，却极为客气地告诉我："是你的了，先生。"

当时其他人也没人再加价，所以那本书就归我了。

由于担心我的自尊心会让我再次意气用事，而且我身上也没带那么多钱，所以我就让他们记下我的名字，将书暂时保留，而我就下楼而去。那些见证者肯定对我有各种各样的猜测，必然会在心中暗暗揣测，我究竟是为何要花费 100 法郎去买这样一本书。这本书是个地方就能买到，只需要花费 10 法郎，最多也不会超过 15 法郎。

一个小时之后，我就叫人把我买的那本书拿了回来。

在书的扉页上，是送书的人用钢笔写的两行清秀的文字：

曼侬对玛格丽特
惭愧

后面的署名为阿尔芒·杜瓦尔。

"惭愧"这个词在这里是什么意思？

依据阿尔芒·杜瓦尔先生的见解，是不是无论在放荡的生活方面，还是内心的情感方面，曼侬都不得不承认自己无法与玛格丽特相提并论。

后一种解释，也就是情感方面的解释可能性似乎更大些，因为前一种解释粗鲁而无礼，无论玛格丽特如何看待自己，她也不会接受这一点。

我再次出门，一直到晚上睡觉时分，我才又想起那本书。

诚然，《曼侬·莱斯戈》这本书讲述的是一个动人的故事。虽然我对故事里的每个情节都很熟悉，但不管什么时候，只要身边有这本书，我就会情不自禁地被它吸引。一旦打开这本书，普列服神父所塑造出来的女主人公仿佛就再次出现在我的眼前。这样的情况差不多重复出现过上百次。他把她描绘得是那么栩栩如生，真切动人，好像我确实看到过她一样。现在，又有了一种新情况，那就是将曼侬和玛格丽特做比较，这意外地使这本书对我的吸引力更大了。出于怜悯甚至算得上是喜爱，我更加同情这个可怜的姑娘了，而这本书则是我从她那儿获得的遗物。诚然，曼侬是在荒凉的沙漠里死去的，但她死在了一个真心爱她的情人的怀里。曼侬死后，对方还为她掘了一个墓穴。他的泪水洒落在她的遗体上，并且他把他的心也一起埋葬在那里。而玛格丽特呢，她就像曼侬一样，是个罪人，也可能像曼侬那样改邪归正了，但正如我们所知，她是在奢华的环境中香消玉殒的。她就在自己以往睡觉的床上咽气的，但她的内心一片空虚，如同被埋葬在沙漠之中，而且这片沙漠比埋葬曼侬的沙漠更加干旱、荒凉和无情。

通过了解她临终状况的几个朋友，我得知在长达两个月的痛苦至极的病危期间，任何人都未能到她床前给她一丝真心实意的安慰。

由曼侬和玛格丽特，我转而联想到自己所认识的那些女人，我目睹着她们一边轻歌曼舞，一边走向那几乎完全相同的最终归宿。

可怜的姑娘们哪！假如爱她们是犯了错，那么起码也应该怜悯她们。你们怜悯那些不见光亮的盲人，怜悯那些听不到自然之音的聋人，怜悯那些无法发声表达内心所想的哑人，可是，在一种伪廉耻的借口之下，你们却不愿怜悯这些心灵上的盲人、精神上的聋人和良心上的哑人。这些缺陷迫使那个不幸的姑娘发了疯，让她没有办法看到善良，听不见上帝的忠告，也讲不出有关爱情和信仰的圣洁言语。

雨果描绘出了玛丽翁·德·萝尔姆，缪塞塑造出了贝尔娜雷特，大仲马创造出了费尔南特，历史上各个时期的思想家和诗人都将仁慈的怜悯之心施与风尘女子。时不时会有一个伟人勇敢地站出来，用自己的爱情甚至以己之名为这些女人正名。我之所以不断强调这一点，是因为在那些初读本书的读者之中，恐怕有不少人已经准备将本书抛到一边，担心这是一本专门为邪恶与淫欲做辩护的著作，而且作者的年纪恐怕很容易让人产生此种担忧。希望这些人不要这样去想，假如仅仅出于这一点，那最好再往下看一看。

我信奉的唯一原则就是，未曾接受过"善"之教育的女人，上帝几乎总是给她们指出两条路，让她们可以殊途同归地走到他面前，一个是痛苦，另一个就是爱情。这两条路走起来都非常艰难。在这两条路上，那些女人走得头破血流，但与此同时她们又将罪孽的华服遗留在一路的荆棘上，赤裸着身子达到旅途的终点，而如此赤条条地来到上帝跟前，是无须脸红的。

遇到这些勇敢的女旅客的人，都应该对她们施以援手，并且向大家讲述一些他们曾遇到过的这些女人。这是因为在宣传这件事时，也就指出了道路。

要解决这一问题，就不能简单地在人生道路的入口竖起两块牌子（一块是写着"善之路"的告示牌，而另一块是写着"恶之路"的警示牌），并且告诉那些走的人："选一条！"而必须像耶稣那样，为那些受环境迷惑的人指出后一条路通往前一条路的途径。特别要注意的是，一定不能让这些途径的开始那段太过坎坷难行。

基督教教义中有关于改邪归正的动人故事，那就是劝诫我们做人要仁慈、宽容。耶稣深爱着那些饱受情欲毒害的灵魂，他喜欢在为人包扎伤口时，从伤口本身获取疗伤妙膏敷在伤口之上。所以，他告诉玛特莱娜："你将得到宽恕，因为你爱得多[①]。"这样崇高的宽恕行为自然会引发一种崇高的信仰。

为什么我们要比耶稣更加苛刻呢？这个世界为了要彰显它的强大，故意表现得很苛刻，而我们也就固执地采纳了这种成见。为什么我们要跟它一样抛弃那些伤口中流着血的灵魂呢？就像病人的污血渗出一样，那些人以往的罪恶自这些伤口渗出。这些灵魂在等待友谊之手来为他们包扎伤口，并治愈他们心灵上的创伤。

我这是在呼吁与我同时代的人，是在呼吁那些幸而未受伏尔泰先生的理论影响的人，是在呼吁像我一样了解近 15 年来人道主义快速发展的人。善恶的观念已获得公认，信仰又得以重新建立，我们对神圣之物再度开始尊重。如果还不能说这个世界是完

---

① "你将获得宽恕，因为你爱得多"，见《圣经·路加福音》第七章，第四十四至四十八节。

美的，那么起码可以说相较于之前已经大有改善。聪明的人都在朝着同一个目的努力，一切伟大的意志都为同一个原则所屈服，那就是我们要善良，要斗志昂扬，要实事求是！邪恶只是一种无聊的玩意儿，我们应该以行善为荣，尤为重要的是，我们一定不能丧失信心。不要看不起那些既不是母亲和姐妹，也并非女儿和妻子的女人。对亲族的尊重和对自私的宽容都不要有所减少。既然相对于上百个未曾犯罪的正直之士，上天更青睐的是一个忏悔的罪人，那就让我们尽力讨好它吧，它会赐福给我们的。在我们前进的道路上，请给那些受人间欲望所害的人以宽恕吧，或许一种神圣的希望能够拯救他们，就如同那些为人治病的老太太在劝人采纳她们的疗法时所言：即便没好处，也不会有坏处。

　　诚然，我试图从小小的论题中得出伟大的结论，这似乎过于胆大狂妄了。但是，一切均存在于渺小中，我就相信这样的说法。尽管孩子幼小，但他将来是要长大成人的；尽管脑袋不大，但它却蕴藏着无穷的智慧；眼睛就那么丁点儿大，但它却能够看到广阔的世界。

❧ 第四章

两天后，拍卖会结束了，总计收入150000法郎。其中，有三分之二被债主们拿去，剩下的便由玛格丽特的亲属继承。她有一个姐姐和一个小外甥。

在看到公证人的信，得知自己能够继承50000法郎的遗产时，玛格丽特的姐姐惊得目瞪口呆。

这个年纪轻轻的姑娘已经好几年没见过她的妹妹了。自从妹妹不见踪影以后，包括她本人在内，谁都没得到过任何有关她的消息。

这个姐姐匆匆忙忙地赶到了巴黎。见到她时，那些与玛格丽特相识的人都十分惊讶，因为玛格丽特的唯一继承人竟然是个漂漂亮亮的乡下胖姑娘，而她还从未离开过老家。她转眼间就发了大财，也不晓得这笔横财来自哪里。

后来我听人说，她回到乡下之后，为自己妹妹的亡故悲伤万分。不过，她将那笔钱以四厘五的利息存了起来，这使她的悲伤得以补偿。

在巴黎这个满是造谣毁谤的罪恶深渊里，到处都有人对这些事情进行议论，但随着时间的流逝，人们也就慢慢将之遗忘。倘若不是因为我又突然遇到了一件事，我也快要忘记自己为什么会参与这些事了。就是通过这件事，我们了解了玛格丽特的身世，还知道了一些极为感人的详细情节。正是这些让我产生了将这个故事写出来的想法。接下来，我就来写写这个故事。

在家具被全部卖掉之后，那所公寓再次出租。在那之后三四天的一个早晨，有人拉响了我家的门铃。

我的仆人，或者说我那兼做仆人的看门人去开了门，带回一张名片给我，并告诉我说来客想见我。

我看了一眼那张名片，上面写着这样一个名字：阿尔芒·杜瓦尔。

在什么地方见过这个名字呢？我在自己的记忆里搜寻，最终想起来了，正是在《曼侬·莱斯戈》那本书的扉页上。

将这本书赠送给玛格丽特的人为什么要见我呢？我马上叫人将那个等候的来客请进来。

接下来，我见到了一个头发金黄的年轻人。他身材魁梧，脸色苍白，身上穿的是旅行装。这套衣服好像已经穿了好几天，甚至到了巴黎也没有清理一下，上面满布着尘土。

这位杜瓦尔先生十分激动，他也没打算掩饰自己的情绪，就那么满眼泪水地用颤抖的声音对我说："很抱歉，先生，我就这么衣冠不整地、唐突地来拜访您。不过，年轻人不太讲究这些俗套，况且我又确实想在今天就见到您。所以，尽管我把行李都放到旅馆了，但人却没在旅馆休息一下就赶到这里来见您了。虽然时间尚早，但我还是怕错过了您。"

我请杜瓦尔先生坐在炉子旁边。他一边坐下，一边从衣服的口袋里掏出一块手帕，在脸上捂了片刻。

"您肯定不清楚，"他垂头丧气地继续说道，"一个素昧平生的人，在这个时候，穿着这样的衣服，哭成这个模样，来拜访您，会向您提出怎样的请求。我来这里的意图很简单，先生，那就是请您帮帮忙。"

"那就请告诉我吧，先生，我愿意效劳。"

"您是不是参加了玛格丽特·戈蒂埃家的拍卖活动？"

一提到"玛格丽特"这个名字，这个年轻人被暂时压制的情绪又喷涌而出，他被迫用双手掩面。

"您肯定要笑话我，"他再次说道，"请再次原谅我这副失礼的样子。您是如此耐心地听我说话，请相信，我是绝不会忘记您的这种好意的。"

"先生，"我告诉他，"如果我确实能为您效劳，以稍稍减轻您的些许痛苦，那就请快些告诉我，告诉我我能为您做些什么。那样您就会发现，我是一个多么愿意为您效劳的人。"

杜瓦尔先生的苦痛着实令人同情，所以不管怎样，我都要让他心满意足。

接下来，他问我："在玛格丽特的遗物被拍卖时，您是不是买了些什么物件？"

"没错啊先生，我买了一本书。"

"是不是《曼侬·莱斯戈》？"

"没错！"

"这本书还在您手里吗？"

"就在我的卧室。"

听到我这么说，阿尔芒·杜瓦尔心中的石头似乎落了地，马上谢了我一番，似乎这本书还在我手里就已经帮了他一些忙了。

随后我站起身，走进我的卧室，把书拿过来并交给了他。

"就是这本书，"他一边说着，一边瞅了瞅扉页上的文字，接着就翻看起来，"就是这本书。"

两颗豆大的泪珠滚落到书页之上。

"那么，先生，"他将头抬起来跟我说，此时根本顾不上去掩饰他哭泣过的脸，而且几乎就要哭出声来了，"您很珍视它吗？"

"您为什么要这么问呢，先生？"

"因为我想恳求您将它让给我。"

"请原谅我的好奇，"这时候我问道，"将它送给玛格丽特·戈蒂埃的人就是您吧？"

"就是我。"

"那它就是您的了，先生。拿走吧，能让这本书物归原主，我很开心。"

"可是，"杜瓦尔先生感到不好意思，他说道，"起码得让我把您支付的书钱还给您。"

"请让我将它送给您吧。在这样的一次拍卖会上，这小小一本书的价钱没有什么，它花了多少钱我也记不清了。"

"您花费了100法郎。"

"没错，"我说（这次尴尬的是我），"您是如何得知的？"

"事情很简单，我本来打算及时赶到巴黎，参加玛格丽特的遗物拍卖会，但直到今天早上我才赶到这里。可无论如何，我也想得到一件她的遗物，所以我就去了拍卖师那里，让他帮我查看一下买主的清单。我得知您买了这本书，于是就决定到这里来请求您忍痛割爱。但您为这本书出的价钱让我感到疑惑，您是不是也是为了某种纪念才买了这本书？"

显然，阿尔芒的话里面透着一种担心，那就是他怕我与玛格丽特之间也有他们之间那样的交情。

我赶紧让他放下心来。

"我仅仅是见过她,"我告诉他,"我对她的那种感受,无非就是一个年轻人在一个他乐于遇到的漂亮姑娘去世时所生出的那种感受。我都不知道为什么自己会打算在那次拍卖会上买点儿东西。后来,有一位先生一个劲儿地跟我抬价,好像故意不让我买这本书。我也是一时兴起,故意气他,才不依不饶地跟他竞争。所以,先生,我再对您说一遍,这本书现在就是您的了,而且我再次请您将它收下,而不要像我从拍卖师手里买它一样将它买去。我还指望着这本书能助我们建立更深厚长久的友谊哪!"

"好极了,先生。"阿尔芒紧握着我的手说道,"那我就收下了。您对我的好意,我铭感五内,没齿难忘。"

关于玛格丽特的事,我非常想问问阿尔芒,因为那本书上的题词,以及这个年轻人的长途跋涉和他想要得到这本书的迫切愿望,全都让我感到好奇。不过,我又不敢贸然向他问这些问题,生怕他以为我不要他的钱只是为了借此干预他的私事。

也许他摸透了我的心思,因为他问我:"这本书您看过了吗?"

"都看过了。"

"您想过没有,我写的这两行题词是什么意思?"

"一看到这两行文字我就知道,在您眼中,收下您所赠之书的那个可怜的姑娘确确实实不同寻常,因为我并不觉得那些文字是普普通通的恭维之言。"

"说得对,先生,她就是一位天使,您瞧,"他对我说,"瞧瞧这封信。"

阿尔芒拿给我一封信，它显然已经被看过很多很多遍了。我打开一看，信上是这么写的：

亲爱的阿尔芒，您的来信我已收到。您还是如以往一样心地善良，我真得感谢上帝。是的，我的朋友，我身体有恙，且已无药可医。可是您还是这么关心我，我的痛苦因此而削减大半。我怕是活不了多久了。刚刚，我收到了您那封信，写得是那么感人，可是我再也没福气握一握写它的人的手了。如果说有什么东西能够医好我的病，那就是这封信里的话儿。我再也见不到您了，您与我远隔千里，而我眼看就要入土。可怜的朋友，您的玛格丽特已经与以往的她判若两人。与其让您看到她现在这副模样，不如再也不见。您问我是不是可以宽恕您，我打心底里已经原谅您。朋友，因为您从前对我的不好恰恰证明您是爱我的。我在床上已待了一个月，我极为看重您对我的尊重，因此我每天都写日记，从您与我分离开始一直写到我无法执笔。

假如您真的关心我，阿尔芒，那就请您在回来之后去朱利·迪普拉那里。她会将这些日记转交给您，而您在其中会找到我们之间发生这些事的原因和我的解释。朱利对我极好，我们在一起总是会提到您。收到您的来信时，她就在我身旁，我们看信时都哭了。

假如我们收不到您的回信，那么朱利会在您回到法国时，将这些日记交给您。无须感谢我写了这些日记，因为它们让我每天都能重温一生中仅有的一些幸福时光，这对我颇为有益。倘若在看过这些日记之后，您能够谅解以往发生的事，那么我就算是得到了永久的安慰。

我本想为您留下一些可以让您永远想念我的纪念品，但无奈家中的一切均被查封，已经没有一样东西归我所有。

我的朋友，您清楚了吧？我眼看就要死了，而在我的卧室里就能听见客厅里看守人的脚步声。他是我的债主们雇来的，为的就是不让别人拿走任何东西。即便我活着，也已经一无所有。只希望他们千万要等我咽气之后再拍卖呀！

啊！人是何等的残酷无情啊！不！倒不如说上帝是公正无私的。

好吧，亲爱的，来参加我的遗物拍卖吧，这样您就能买到一些东西了。这是因为，假如我眼下为您留下一件即便是最不值一提的东西，若是被人发现，他们就可能会控告您占有查封的财物。

我即将离去的这段生活是多么清凉啊！

倘若在死之前能再见您一面，那么上帝就太仁慈了！依现在的情况来看，我们定然是永别了。朋友，请原谅我无法再写下去了。那些口口声声说要医好我的人总是给我放血，我已精疲力竭，手都不听使唤了。

玛格丽特·戈蒂埃

确实，信的最后几个字写得极为模糊，近乎无法辨识。

我将信还给了阿尔芒。在我刚刚看信的时候，他肯定又在心中将它默诵了一遍，要不他怎么会一边拿回那封信一边对我说："谁能想象这出自一个风尘女子之手呢！"他一时勾起了旧日的情思，情绪显得颇为激动。他凝视了一会儿信上的字迹，随后将信捧到嘴边轻吻。

　　"一想到无法在她死前再见她一面，"他接着又说道，"而且永远也见不到她了；又想到她对我比亲姐妹还要好，而我却让她如此死去，我就怎么也无法原谅自己。

　　"没了！没了！她到死的时候还在想着我，还是写信给我，喊着我的名字。可怜的，亲爱的玛格丽特啊！"

　　阿尔芒就任由自己的思绪翻涌，泪如雨下，一面将手伸给我，一面继续说道："倘若有个陌生人看到我为这样一个女子的死如此悲痛，可能会觉得我愚蠢至极，但那只是因为他不知道我曾经如何折磨过这个女人。我那个时候真是太狠心啦！她是那么温柔，该是受到多大的委屈啊！我原本以为是自己在饶恕她的过错，但现在我却觉得自己根本没资格接受她赐给我的宽恕。啊！若能在其脚下痛哭一时，即便让我折寿 10 年，我也心甘情愿。"

　　一般来说，在不了解一个人痛苦的缘由时想要安慰他，是不太容易的。不过，对于眼前这个年轻人，我却怀有深深的同情。他如此坦率地向我倾诉他的苦楚，不禁让我相信，我的话也能够打动他。于是，我对他说："您有亲戚或者朋友吗？凡事看开些，去探望一下他们吧，他们会给您以安慰。至于我嘛，就只能是同情您。"

　　"说的是啊，"他站起身，一边在我的屋子里迈着大步徘徊一边说，"请您原谅，我令人感到讨厌了。我并未考虑到自己的痛苦跟你毫无关系，也并未考虑到我跟您唠叨的那些东西，您压根儿不会也不可能感兴趣。"

"您误会我啦，我完完全全听从您的吩咐。可惜的是，我没办法帮您减轻痛苦。倘若我或者我的亲友能够帮您减轻困扰，或者无论在哪些地方能帮得上您的忙的话，我希望您明白，我非常乐于为您效劳。"

"请您原谅，请您原谅，"他对我说，"痛苦能让人神经过敏，请允许我再待上一会儿，好让我擦擦脸上的泪水，免得街上的行人以为我是个傻子，这么大人了还哭哭啼啼。您刚刚把这本书送给了我，这让我心情很舒畅。您对我的好意，我怕是永远也无法报答。"

"那么，您就给我些许友谊，"我对阿尔芒说，"您就跟我说一说，您为何如此伤心欲绝。将心里的苦楚倾吐出来，人就会轻松点儿。"

"您说得没错，但我今天只想哭，只能跟您说些头绪不清的话，改天我再把这件事告诉您，到时候您就会明白，我为这个可怜的姑娘伤心欲绝是理所当然的。但现在，"他最后一次擦了擦眼泪，照了照镜子，对我说，"只希望您不要认为我是个傻瓜，并允许我再次来拜访您。"

这个年轻人的目光善良而温柔，让我不禁想拥抱他。

而他呢，眼中又渗出了泪花。他见我已经发觉，便将目光从我身上移开了。

"没问题，"我对他说，"要振作起来。"

"那就再见啦。"他对我说。

阿尔芒拼命抑制着泪水，从我家逃了出去，因为很难说他是走出门去的。

　　我掀起窗帘，见他登上了在门口等候他的轻便双轮马车。一进到车厢，他的泪水就止不住了。他捧起手帕，捂着脸痛哭起来。

第五章

　　有相当长的一段时间，阿尔芒音讯全无，而玛格丽特则经常被人提到。

　　不知道您可曾有过这种感觉：对于一个看起来与您素昧平生或者至少是丝毫关系也没有的人，一旦他的名字在您面前被提到，跟这个人有关的各种零碎的传闻便会逐渐汇集而来。您的几个朋友都会来跟您说说他们从未跟您说过的事，您很可能就会觉得这个人似乎就在身边。您会发现，在自己的生活中，他曾多次出现过，只不过当时未能引起注意。在别人跟您说的那些事里面，您会找到与自己生活中的某些经历相契合、相一致的东西。对我来说，玛格丽特并非这样的人，因为我见过她，遇到过她。她的容貌我还记得，她的习惯我也了解。不过，自从那次拍卖会之后，我经常会听到别人提到她的名字。在前一章节中，我曾经说到过这一情况。这个名字与一个极其巨大的悲痛联系在一起，因此我越加感到诧异，好奇心也越来越重了。

　　以前，我从未跟友人们谈起过玛格丽特，但现在，我一遇到他们就会问道："有一个名叫玛格丽特·戈蒂埃的女人，您认识吗？"

　　"就是茶花女吧？"

“就是她。”

“很熟悉！”

“很熟悉！”在说到这句话的时候，他们的脸上有时还带着一种微笑，而那种微笑的含义显而易见。

“那么，这个姑娘如何呀？”我继续问道。

“好姑娘一个。”

“就这些？”

“我的老天！确实就这些，她比其他姑娘聪明点儿，或许也比她们善良些。”

“她有什么特别的事儿吗？您就一点儿也不知道？”

“G男爵曾因她而倾家荡产。”

“就这么一点儿？”

“她还做过……老公爵的情妇。”

“真是他的情妇吗？”

“大家都这么说，不管怎样，那老公爵确实给过她很多很多钱。”

我所听到的总是那套泛泛之谈。

可是，我迫切希望了解一些有关玛格丽特与阿尔芒之间的事。

一天，我遇见了一个女人。她与风月场里的那些名媛往来频繁，关系亲密。我问她：“您认识玛格丽特·戈蒂埃吗？”

“很熟悉！”又是这样的回答。

“这个姑娘怎么样？”

“她是个美丽又善良的姑娘。她的死让我很难过。”

“她是不是有一个名叫阿尔芒·杜瓦尔的情人？”

“一个头发金黄的大高个儿吗？”

"没错！"

"是有这么个人。"

"阿尔芒这个人怎么样？"

"年纪轻轻的，我确信他把自己仅有的那点儿积蓄和玛格丽特一起败光了，后来他被迫离她而去。据说为了玛格丽特，他几乎要疯了。"

"玛格丽特呢？"

"她也十分爱他，大家一直这样说。可是，这样的爱就如同那些姑娘们的爱，你总不能向她们索取她们没办法给的东西吧。"

"阿尔芒后来怎么样了？"

"那我就不知道了。我们跟他不熟。他跟玛格丽特在乡下一起居住了五六个月，但那只是在乡下；她回到巴黎时，他就离开了。"

"之后你又见过他没有？"

"没有。"

我也一样，再也没见过阿尔芒。我甚至在想，他来到我家时那么悲伤，是不是因为他得知玛格丽特才刚刚去世的消息而勾起了旧情。我猜他或许早就将再来拜访我的承诺随同亡者一起抛诸脑后了。

如果是别人，很可能会这样做，但阿尔芒不是这样的人。他当时那种悲痛欲绝的腔调极为真诚。于是，我的想法由一个极端转到另一个极端。我想阿尔芒一定是因过度伤心而病倒了，我之所以得不到他的消息，是因为他生病了，甚或已经病逝。

我不由地开始关心这个年轻人的命运。这种关系或许掺杂了一些私心。我猜想，在他的这种痛苦之下，说不定隐藏着一个缠绵悱恻的爱情故事。或许正是因为急于知道这个故事，我才会对阿尔芒的杳无音信感到如此不安。

既然杜瓦尔先生没有再来拜访我，我便决定去他家。要想找一个拜访他的理由并不难，但可惜的是，我并不知道他家的地址。我四处打听，但谁也不知道。

我又去了昂坦街。玛格丽特的看门人或许知道阿尔芒的住址。不巧的是，看门人换了新人，他也不知道阿尔芒的住址，跟我一样。于是，我就问了问戈蒂埃小姐被葬在了哪里——蒙马特公墓。

又到了4月份，天气晴朗，坟墓也不再像冬季时那样阴森凄凉了。总而言之，天气已经非常暖和了。此时，在世的人由此想起了死去的人，就到他们坟上去扫扫墓。在去往公墓的路上，我想，只要看一看玛格丽特的坟墓，我就能看出阿尔芒是否仍旧伤心悲痛，兴许还能得知他近况究竟如何。

我走进看墓人的屋子，问看墓人在2月22日那天是不是有一个名叫玛格丽特·戈蒂埃的女人被葬进了蒙马特公墓。

那个人将一本厚厚的簿子翻阅了一番，那上面依照号码顺序记录着所有来此安葬的人的名字。接着，他回答我说，2月22日中午，确实有一个名叫玛格丽特·戈蒂埃的女人在此下葬。

我请他派人带我去玛格丽特的坟墓，因为这座逝者的城市就像是生者的城市，道路纵横交错，倘若没人加以指引，很难搞清楚方位。看墓人喊来一个园丁，并向他交代了一些必要事务。园丁打断了他的话，说："我知道，我知道……"随后转过身对我说，"那个墓很好认的！"

"为什么那么好认？"我问他。

"因为那上面的花跟其他坟墓上的花完全不一样。"

"那个坟墓是您在照管吗？"

"没错，是有个年轻人拜托我照管的。先生，只希望所有死者的亲属都能如他那般惦念死者。"

转了几个弯之后，园丁停下来，他告诉我："咱们到了。"

果不其然，一块方形的花丛呈现在我的眼前，如果没有那块刻有姓名的白色大理石做证，恐怕谁也看不出这是一块墓地。

在这块墓地周围是一圈铁栅栏，地上满是白色的茶花，而那块大理石就笔直地戳在那里。

"您觉得如何？"园丁问我。

"太漂亮了。"

"只要有一朵茶花蔫了，我就按吩咐换一朵新的。"

"谁的吩咐呢？"

"一个年轻人，他初次来时哭得很伤心，估计是死者的老相好，因为听说那个女人不太检点。据说她生前长得很漂亮。先生，您认识她吗？"

"认识。"

"就跟那位先生一样？"带着狡黠的微笑，园丁对我说。

"不一样，我跟她从没说过话。"

"那您还到这儿来看她，您心肠真好！到这公墓里来探望这个可怜的姑娘的，可真是太少了！"

"您是说，从来没人来过？"

"除了那位年轻的先生来过一次，再没有其他人来过。"

"就来了一次？"

"是的，先生。"

"他后来没再来过吗？"

"没有，但他回来之后会来的。"

"他出门了？"

"是的。"

"您知道他去哪儿了吗？"

"我想，他是去戈蒂埃小姐的姐姐那里了。"

"他去那儿做什么？"

"他去请求她给死者换个地方，他想把玛格丽特葬到其他地方。"

"为什么不葬在这里？"

"您懂的，先生，人们对死者有各种各样的看法。这样的事情，我们在这里司空见惯。这块墓地的租期仅有 5 年，而那个年轻人想要一块永久出让的、面积更大一些的墓地，最好在新区里。"

"什么新区？"

"就是靠左面的那些正在出售的新墓地。如果这个公墓以前一直像现在这么管理，那么它很可能成为世界上绝无仅有的。不过，要让一切都完美无缺，那还差很远。再说了，人们又是如此可笑。"

"您这话是什么意思？"

"我的意思是，有一些人，即便到了这个地方还是自以为是。比如这位戈蒂埃小姐，她在生活里似乎有些放荡，请原谅我用了这个词。现在，这位可怜的小姐，她不在了；而如今没落下过什么话柄我们却每天在她们坟墓上浇花的女人不也有的是吗？但是，那些葬在她旁边的死者的亲属得知她是何种人物之后，亏他们想得出来，说什么反对将她葬在这个地方，还说这样的女人应该像穷人那样，另外找个专门的地方埋葬。谁见过这等事？我狠狠地顶了他们一顿。有一些有钱人来探望他们死去的亲人，一年连四次都来不了，来时还自己带花，瞧瞧那都是些什么花！他们口口声声说为死者伤心落泪，但却不肯花一分钱修一修坟墓；他们在死者的墓碑上写得悲切动人，却从来也没掉过一滴泪，还要找跟他们亲属坟墓的邻居的麻烦。您信不信，先生？我并不认识这位小姐，我也不知道她做过什么，但我喜欢她，喜欢这个可怜的小姑娘。我关心她，给她拿来的茶花价格公道。她是我偏爱的逝者。先生，我们这样的人别无他法，只能爱逝者，因为我们太过忙碌，几乎没时间去爱其他什么了。"

无须我多做解释，有些读者就能够读懂。我望着他，听他说这些话的时候，心里是那么汹涌澎湃。

他或许也看出了什么端倪，因为他继续说道："据说有一些人因她而倾家荡产，还说她的一些情人十分迷恋她。嘿，当我发现竟然连买一朵花给她的人也没有，我不免感到奇怪而又悲哀。不过，她也无须抱怨什么，因为她总算还有一块坟墓，尽管怀念她的只有一个人，但这个人已经替别人做了所有该做的。然而，我们这儿还有一些跟她在身世和年龄上相仿的可怜姑娘，她们被葬在公共墓地里。我一听到她们可怜的遗体被扔进墓地，我的心就像被撕碎了一样难受。她们只要一死，就没人管了。做我们这行的，特别是还有点儿良心的，有时候就是快活不起来。您说有什么办法？我也无能为力呀！我家有一个 20 岁的漂亮姑娘，每当有人送来跟她一样年纪的女死者时，我就想到她，不管送来的是有钱人家的小姐，还是一个女乞丐，我都很难不被触动。

"像这样的啰唆事儿您一定听厌了吧，再说您也不是来听这些故事的。他们叫我带您到戈蒂埃小姐的墓地，这就是了，您还有什么吩咐吗？"

"您知道阿尔芒·杜瓦尔先生住在哪里吗？"我问他。

"知道，他住在……街。您看这些花，买它们的钱我就是去那里收取的。"

"谢谢您，我的朋友。"

最后，我又望了望这座铺满鲜花的坟墓，不禁生出一个念头，那就是想要探测一下这个坟墓有多深，好看看那个被丢进泥土里的漂亮女人到底怎么样了。之后，我忧郁地离开了玛格丽特的坟墓。

"先生您是想去拜访一下杜瓦尔先生吗？"在我旁边走着的园丁继续说道。

"是的。"

"他肯定还没回来，不然早就来这儿了。"

"您能肯定他没有忘掉玛格丽特吗？"

"我不但能肯定，还敢打赌，他打算替玛格丽特迁坟，就是为了要再见见她。"

"为什么这么说呢？"

"他上次来到公墓时，第一句话就是'有什么办法能再见到她呢'。这种事只有迁坟才办得到。我把迁坟需要办的手续全告诉了他。您知道，迁坟需要先验明正身，而这需要征得死者家属的同意，而且还需要由警长来主持。杜瓦尔先生去找戈蒂埃小姐的姐姐，就是为了征得她的同意。所以，他一回来一定会先到我们这儿来。"

我们走到了公墓的门口，我对这个园丁再次表示感谢，并给了他一些小费，之后就去了他对我说的那个地址。

阿尔芒还没回来。

我在他家里留了便条，请他回来之后便来见我，或者通知我在哪里能找到他。

次日早上，我收到了杜瓦尔先生寄来的一封信。他在信上说自己已经归来，邀请我去他家中坐坐，还说他由于过于疲惫无法外出。

❧ 第六章

我去探望阿尔芒，当时他正躺在床上。

一看到我来了，他就将热得发烫的手伸过来。

"您发烧了。"我对他说。

"并无大碍，只是因为路上太赶，觉得太累了而已。"

"您是从玛格丽特的姐姐家回来的吗？"

"嗯，谁跟您说的？"

"我全知道了，您打算办的事谈好了吗？"

"谈好了，可是，是谁跟您说我出门了？又是谁跟您说我出门去做什么的？"

"公墓里的园丁。"

"那座坟墓，您看到了吗？"

我实在是不敢说，因为他说这句话的腔调表明他的心情依旧痛苦至极，就如同上次见到他的时候。每当他想到这件伤心事，或者其他人的话语触及它，他那激动的情绪会久久难以抑制。

所以，我就只是点了点头，表示自己已经看到过。

"坟墓被照管得挺好的吧？"阿尔芒继续说道。

只见两大颗泪珠顺着这个病人的脸颊滑落而下，他为了避开我转过头去，而我就假装没看到，并试着岔开话题，说起另外一件事。

"您出去已经有三周了吧？"我对他说。

阿尔芒用手抹了抹眼睛，回答说："整整三周。"

"看来您的行程不短哪。"

"啊，我并不是一直在途中。我病了两周，不然早就回来了。我一到那儿就发起烧来，只能待在屋子里。"

"您的病还没痊愈就回来啦？"

"假如再在那儿多待一周，说不定我就死在那儿了。"

"但眼下您已经回来了，那该好好保重身体，您的朋友都会来探望您的。如果您赞同的话，那我就算是第一个来探望您的朋友吧。"

"再待上俩小时，我就要下床了。"

"那您就太冒失啦！"

"我必须得起来。"

"您是有什么要紧的事要办？"

"我必须去一趟警长那儿。"

"您为什么不委托其他人去办这事儿呢？您亲自去的话，病情会加重的。"

"办好了这件事，我的病才能医好。我一定得见她一面。在得知她去世以后，尤其是在见到她的坟墓以后，我就再也无法安睡。我不能接受，在我们分开时还那么年轻漂亮的姑娘，竟然已经撒手人寰。我必须要亲眼看一看才能相信。我一定要看看上帝把我如此心爱的人儿折磨成了什么样子，说不定这令人人恐惧的场景能治愈我那悲痛的思念之情。您陪我一块儿去，好吗？……如果您对这类事不太反感的话。"

"她姐姐跟您说了些什么？"

"也没说什么，她听说有个陌生人要帮玛格丽特买一块墓地并修一座坟墓，觉得十分诧异。她当即就应允了我的要求，并签署了授权书。"

"听听我的话吧，等您痊愈了再处理迁葬这件事吧。"

"唉，请放心，我一定会好起来的。再说，如果我不趁着眼下有决心的时候快点儿把这件事办好，我可能会失控的，办好了这件事才能治愈我的苦痛。

"我跟您发誓，只有再见见玛格丽特，我才能平静下来。这大概是发高烧时的渴望，不眠之夜的幻梦，谵妄大作时的反应。至于我在见到她之后，会不会如朗塞①先生一样成为一个苦修士，那就要等到时候再说了。"

"这些我都明白，"我对阿尔芒说，"乐于为您效劳。您见到朱利·迪普拉了吗？"

"见到了。啊！就是在我上次回来的那天见到她的。"

"玛格丽特放在她那儿的日记，她交给您了吗？"

"这就是。"

阿尔芒从枕头底下拿出一沓纸，但马上又将它塞了回去。

"这些日记里写的内容，我都可以背下来了，"他对我说，"这三个星期，我每天都要把这些日记读上十来遍。您以后也可以瞧瞧，但得再过几天，等我稍稍平静些，等我能够向您完全解释这些日记里写的有关爱情和内心的表白时，您再看吧。

---

① 朗塞（1626—1700），此人年轻时生活放荡，在其情妇蒙巴宗夫人死后，他便笃信宗教，成为一个苦修士。

“眼下，我想请您帮个忙。”

“什么事？”

“您是坐车来的吧？”

“是啊。”

“那么，可不可以请您带着我的护照去一趟邮局，看看那儿有没有寄给我的信件？我的父亲以及妹妹给我寄来的信肯定已经到了巴黎，可上次我离开巴黎时太过仓促，没有时间在出发之前去看看。等您从邮局回来之后，我们再一起去找警长，告诉他明天迁葬的事。”

阿尔芒将护照交给我之后，我就去了让 - 雅克·卢梭大街。

邮局里有寄给杜瓦尔先生的两封信，我取了就回来了。

在回到阿尔芒家的时候，他已经穿好了衣服，准备出门了。

“谢谢您，”他接过来信对我说，“没错，”他瞧了瞧信封上的地址继续说道，“没错，是我的父亲和妹妹寄来的。他们一定搞不清楚我为什么没回信。”

阿尔芒将信打开，几乎连看都没看，只是匆匆一瞥。每一封信都有四页。不一会儿，他就把信折起来了。

“咱们出发吧，”他对我说，“明天我再写回信。”

我们见到了警长，阿尔芒就把玛格丽特姐姐的授权书递给了他。

警长把授权书留下，给了阿尔芒一张要交给公墓看守人的通知书，还约好了第二天上午 10 点进行迁葬。

那天我提前一个小时就去找阿尔芒，然后跟他一起去了公墓。

对于参加这样一次迁葬活动，我很感兴趣。说真的，我整个晚上都没睡安稳。

就连我都觉得心烦意乱，可想而知，对阿尔芒来说，这一个晚上是何其漫长！

当天的早上9点，我就来到了阿尔芒的家里。他的脸色苍白得让人担心，但神情还算安详。他朝着我笑了笑，然后把手伸了过来。

好几支蜡烛都燃尽了。在出发之前，阿尔芒带上了一封寄给他父亲的厚厚的家书。在那里面，他一定将整夜的感想都做了倾诉。

过了半个小时，我们就到达了蒙马特公墓。

警长已经恭候多时。

我们一步步地朝着玛格丽特的坟墓走去，警长在前，阿尔芒和我就在他后面不远处跟着。

我感觉到自己同伴的手臂在颤抖，似乎有一股寒流猛然贯穿他的全身。所以，我看了看他，而他也明白我的意思，朝我微微笑了一下。不过，自他家出来之后，我们还不曾互相说过一句话。

就要到坟墓前了，阿尔芒停了下来，擦了擦脸颊上豆大的汗珠。

我也趁此机会松了口气，因为我自己的心似乎也被老虎钳钳得紧紧的。

在这样令人感到痛苦的场合，怎么可能还会有乐趣可言！在我们来到坟墓之前，园丁就已经把所有的花盆搬走了，连铁栅栏也被移开了。有两个人正在挖土。

阿尔芒就靠在一棵树上凝望，仿佛他的全部生命都汇聚在他那两只眼睛上。

突然，一把鹤嘴锄发出了刺耳的声响——触到石头了。

一听到这种声响，阿尔芒就跟被电到一样往后一退，并紧紧地握住我的手，把我的手都握疼了。

其中一个掘墓人拿起一把大铁铲，一点一点地清理墓穴里的积土。后来，墓穴里就仅仅剩下棺材盖上的石头，他一块块地往外扔。

我一直都在盯着阿尔芒，时时刻刻都担心他那明显压抑着的感情会将他压垮；但是，他一直都在凝望，双眼呆滞，瞪得大大的，就像是一个疯子。只有通过他微微颤抖的脸颊和双唇才能看出他的神经正处在极度紧张的状态。

至于我，我只想说一件事，那就是我很后悔到这儿来。

在棺材整体露出来之后，警长对掘墓的人说："打开它！"

这些人按照警长的意思做了，似乎那是世界上最简单的一件事。

棺材是由橡木制作出来的。他们开始拧棺材盖上的螺丝钉，这些螺丝钉因地下的潮气而锈住了。尽管棺材四周都是芳香扑鼻的花草，待费了好大力气将棺材打开之后，一股恶臭扑面而来。

"啊，我的天！我的天！"阿尔芒低声说道，脸色煞白。

就连掘墓人也朝后面退了退。

只见尸体上裹着一块宽大的白色裹尸布，从表面能够看出轮廓。裹尸布的一头儿差不多都烂掉了，死者的一只脚就露在外面。

我差点儿就晕过去了。就在我写到这几行字的时候，那一幕景象好像又浮现在我的眼前。

"咱们利索点儿吧。"警长说。

两个雇工动起手来，其中一个人准备拆开尸布，只见他抓住裹尸布一端一掀，玛格丽特的脸便一下露了出来。

那样子看起来太可怕了，就是说一说也会令人不寒而栗。

她那一对眼睛就剩两个黑窟窿，嘴唇已经腐烂，雪白的牙齿紧紧地咬着，黑色的长发干干巴巴地贴在太阳穴上，稀稀拉拉地覆盖着深陷的青灰面颊。不过，我仍然能够从这张脸上辨认出自己以往总会见到的那张白里透红、讨人欢喜的脸蛋儿。

阿尔芒死死地盯着这张脸，嘴巴里咬着他抽出来的手帕。

此时我的头上好像紧紧箍着一只铁圈，眼前模糊一片，耳朵里嗡嗡直响。我随身携带着一只以防万一的嗅盐瓶，此刻我只能把它打开，拼命地嗅。

我正感到头晕目眩，却听到警长对杜瓦尔先生说："认得出来吗?"

"认得出。"年轻人低声回答，那声音有些听不清。

"那就盖上棺材盖搬走吧。"警长说。

掘墓人将裹尸布扔到死者的脸上，盖上棺材盖，一前一后把棺材抬了起来，朝说好的那边走去。

阿尔芒整个人愣在那里，双眼凝视着这个空出来的墓穴；他的脸色惨白，就像刚才我们看到的那个死尸的脸……他仿佛化为一块石头。

我能猜到在这个场面过去，支撑着他的那种痛苦得以缓解之后，会发生什么。

我走到警长身边。

"这位先生，"我指着阿尔芒对他说，"还有必要待在这儿吗?"

"没必要，"他对我说，"我想您还是把他带走吧，他似乎不太舒服。"

"走吧！"于是我拉着阿尔芒的胳膊，对他说。

"什么？"他看着我说，仿佛不知道我是谁。

"事情解决了，"我接着又说道，"您现在该回去了，我的朋友，您脸色苍白，浑身冰凉，您这么激动是会把命搭上的。"

"您说没错，我们走吧。"他没有意识地回答道，但一步也没动。

我只好抓起他的胳膊，拉着他离开。

他就像个孩童一样随着我走，嘴巴里咕哝了一句。

"您看到她那双眼睛了吗？"说着，他把头转了回去，似乎那个幻觉在召唤他。

他一步三晃、歪歪斜斜地向前面挪动着。他的牙齿咬得咯咯响，两只手冷冰冰的，全身的神经都在激烈颤抖。

我同他说的话，他一句都没有回应。

他现在唯一能够做到的，就是跟着我走。

在公墓门口，我们找到了车子，这正是时候——他进到车里才刚刚坐下，便剧烈地抽搐起来，这一次是确确实实的全身痉挛。他担心我被吓坏，便紧握我的手，低声说："没事儿，没事儿，我就是想哭。"

我发现他在喘着粗气，眼睛里开始充血，眼泪却流不出来。

我拿出刚才用过的嗅盐瓶，让他嗅了嗅。在回到他家时，我看得出，他仍然在颤抖。

仆人协助我将他扶到床上，让他躺了下来。我把屋里的炉火烧得旺旺的，接着又赶忙去找我的医生，并将刚才的情形讲给他听。

他很快就赶了过来。

阿尔芒的脸色绯红，神志不清，嘴里结结巴巴地说着胡话。这些胡话里唯一能让人听得清楚的，就是玛格丽特的名字。

医生把病人检查完之后，我就问他："怎么样啊？"

"是这样的，他运气还不错，患的是脑膜炎，不是其他的病。请上帝饶恕我，我还以为他疯了！幸亏他身体上的病会压倒他精神上的病。再过一个月，说不定他的这两种病都能好起来。"

❦ 第七章

有些疾病进展迅速，要么很快就要命，要么过不了多久就痊愈，而阿尔芒患的正是这样的病。

在我刚刚讲述的那件事发生半个月之后，阿尔芒就已经痊愈，而且我们俩也已经成了很要好的朋友。在他患病的那段时间，我几乎一直待他的房间里。

春天来了，百花盛开，鸟儿和鸣，我那个朋友的房间里的窗户豁然打开了。那窗户正对着花园，花园里清新的气息一股股朝他袭来。

医生已经同意他起床下地了。阳光最温暖的时候，也就是从中午12点到下午2点，那扇窗户是打开的。那个时候，我们俩经常靠窗而坐，谈天说地。

我一直留心不提及玛格丽特，怕的是一提到这个名字就会使得这个情绪已经稳定下来的病人再度想起他以往的伤心事。相反，阿尔芒却好像很乐意聊到她，他也不再像之前那样一提到她就泪如雨下，而是露出满脸轻柔的微笑。这种微笑让我对他心灵的健康状况感到放心。

我发现，自从上一次在公墓看到了那个让他突然病倒的场面以来，他心灵上的痛苦似乎已经被疾病压倒。关于玛格丽特的死，他之前的想法与现在不一样了。对于玛格丽特的死，他已经确信无疑，心里反倒觉得轻松了。为了赶走频繁浮现在眼前的阴森形象，他始终在回忆与玛格丽特相处的那些最美好的时光，似乎他也只想回忆这些事。

阿尔芒的病刚好不久，高烧也刚刚退去，身体还非常虚弱，所以在精神方面，他还不能太过激动。春天里，生机勃勃的自然风光包围着阿尔芒，这会让他情不自禁地回忆起以往那些欢乐时光。

他很固执，始终也不肯把自己病重的状况告诉家人，直到他脱离了险境，他的父亲还被蒙在鼓里呢。

这天傍晚，我们又坐在窗户前面。那天天气真是好，我们就比平时待得晚了一些。在那闪耀着蔚蓝和金黄两种颜色的薄暮里，太阳渐渐睡去了。尽管我们所在的地方是巴黎，但周围的一片翠绿色却好像将我们与世界隔离了。没有什么声响会打扰我们聊天，除了那偶尔飘来的大街上辚辚的车马声。

"大概就是这样的季节，这样的傍晚，我认识了玛格丽特。"阿尔芒对我说。他陷入了遐想，我对他说什么，他恐怕也听不到了。

我什么也没说。

于是，他把头转了过来，跟我说："我总要给您讲个故事。您不妨把它写成一本书。别人不一定觉得它是真的，但这本书写起来或许会很有意思。"

"过几天您再讲给我听吧，我的朋友。"我对他说，"您的身体尚未完全康复呢。"

"今天晚上暖和得很，我还吃了鸡脯肉①，"他微笑着对我说，"我的烧也退了，咱们也没什么事可做。我把这个故事一五一十地跟您讲讲吧。"

"既然您坚持要讲，那我就倾耳细听了。"

"这个故事其实非常简单，"于是，他继续说道，"我就依照事情发生的时间顺序来讲给您听吧，假如您将来要根据这个故事写点什么，那就随您怎么写。"

以下就是阿尔芒给我讲述的内容，这个故事生动极了，我基本上没怎么改动。

没错——阿尔芒将头靠在椅背上，继续说——没错，就是在这样的一个傍晚！我和R·加斯东，我的一个朋友，在乡下游玩了一整天。傍晚时分，我们回到巴黎，为了排遣无聊，我们便去了杂耍剧院看戏。

在一次幕间休息的时候，我们跑到走廊里歇息。就是在那里，我们看到一个身材高挑的女人路过，我的朋友跟她打了个招呼。

"您跟谁打招呼呢？"我问他。

"玛格丽特·戈蒂埃。"他对我说。

"她的变化可真大呀，我差点儿就认不出她来了。"我激动地说。我为什么会激动，待会儿您就清楚了。

"她生了一场病，看来这个可怜的姑娘命不久矣。"

对于这些话，我记忆犹新，就好像我昨天听到的。

---

① 法国有在病后调养时以鸡脯肉滋补的习惯，这与我国的习惯颇为相似。

您要明白，我的朋友，两年以来，我每一次遇见这个姑娘，都会产生一种不可名状的感觉。

　　我会莫名其妙地脸色发白，心如鹿撞。我有个朋友是研究神秘之术的，他称我的这种感觉为"流体的亲和力"；而我呢，却很简单地认为自己命中注定要爱上玛格丽特，这一点我预感到了。

　　玛格丽特经常给我留下深刻的印象，我的几位友人是亲眼看到过的。每当他们搞清楚我这种印象源自何人时，总是会哄然大笑。

　　我第一次遇到她，是在交易所广场上叙斯商店①的门口。当时在那里停着一辆敞篷的四轮马车，从车上走下来一个全身穿着白色衣服的女人。她走进商店里时，激起了一阵轻声的赞叹。而我却像被钉在了原地，从她进去到她出来，都是一动不动的。我透过橱窗望着她在商店里挑选物品。我本来也能进去看看，但我没有勇气。我不认识这个女人，生怕她猜出我走进商店的意图而不悦。不过当时我也没有想到，自己以后还能见到她。

　　她衣着典雅，身上穿着一条镶满花边的细纱长裙，肩上披着一块印度方巾，四角都镶着金边、绣着花，头上戴着一顶意大利草帽，手上戴着一只手镯，那是当时时兴不久的一种粗金链。

　　她再次登上她的敞篷马车，离开了。

　　商店的一个小伙计站在门口，望着这位穿着高雅的漂亮女顾客的敞篷车走远。

　　我走到他边上，请他告诉我这个女人的名字。

---

　　① 叙斯商店，当时一家颇为有名的时装店。

"那是玛格丽特·戈蒂埃小姐。"他回答我。

我没敢问她的地址就走开了。

以前，我有过很多幻想，但过后就忘诸脑后；但这次的人和事是确确实实的，所以这个印象便一直保存在我的脑海中。接下来，我便到处去寻找这个一身白装的当代最美的女人。

过了几天，喜剧歌剧院有一场盛大的演出，我去观看了。在台前旁边的一个包厢里，我看到的第一个人便是玛格丽特·戈蒂埃。

我的那位年轻的同伴也认识她，因为他喊着她的名字跟我说："您瞧瞧！这位漂亮的姑娘！"

就在这个时候，玛格丽特拿起望远镜朝我们这边望过来。她望到了我的朋友，便对他微微一笑，然后招手示意他过去见她。

"我过去问候她一下，"他对我说，"马上就回来。"

我情不自禁地说了一句："您真是幸福啊！"

"怎么就幸福了？"

"因为您能够去问候这个女人。"

"您喜欢上她了吧？"

"没有，"我满脸通红地说，因为这一下我真有些不知所措，"但我很想认识认识她。"

"那就随我来吧，我给您介绍介绍。"

"那先去问问她同不同意吧。"

"啊！真是的，走吧，跟她用不着这么拘谨。"

他的这句话让我心里不舒服，我担心由此证实玛格丽特并不值得我以心相许。

阿尔方斯·卡尔①有一部小说，名为《烟雾》，那里面写道：一天晚上，有个男人跟着一个非常漂亮的女人。她体态优美，模样俊俏，让他一见钟情。为了一亲芳泽，他感觉自己有了无所不能的力量，战胜一切的意志和克服一切的勇气。这个女人担心自己的衣服沾上泥土，便撩了一下裙子，露出一节迷人的小腿，他几乎都不敢望一下。他正幻想着如何才能求得这个女人，对方却在一个街角将他截住，并探问他是否愿意上楼到她家中一叙。他转头就走，穿过大街，快快不乐地回家去了。

　　我想起了这一段描写。原本，我是很想为了这个女人吃一吃苦的，我担心她太快接受我，担心她匆匆忙忙就爱上我。我更希望经过漫长的等待，历经千辛万苦之后再收获这种爱情。我们这些男人，都是这副德行：如果能赋予我们头脑中的想象一些浪漫与诗意，让灵魂的幻想胜过肉体的欲望，那就会让我们感到幸福无比。

　　总而言之，假如有人告诉我："今晚您能够得到这个女人，但过了今晚您就会一命呜呼。"我会选择接受。假如有人告诉我："拿10个路易②，您就能做她的情夫。"我会选择拒绝，而且会痛哭一场，如同一个孩子在醒来时发现夜梦里的城堡荡然无存。

　　可是，我想要认识她。这是搞清楚她是怎样的一个人的方法，而且只有这一种方法。

　　于是我告诉友人，一定得先征得玛格丽特的同意，然后再将

---

　　① 阿尔方斯·卡尔（1808—1890），法国新闻记者、作家，曾任《费加罗报》社长，主要作品有长篇小说《在椴树下》。

　　② 路易，又称金路易，法国曾使用的金质货币，每枚值20法郎。

我介绍给她。我一个人在走廊里走来走去，满脑子都在想，她马上就要看到我了，可我还不知道在她注视我的时候自己要表现出怎样的态度。

要对她说些什么，我尽量事先就考虑好。

爱情，多么的纯洁，多么的天真无邪呀！

没过多久，我的友人就下来了。

"她正等着咱们呢。"他告诉我。

"她只是自己一个人吗？"我问。

"有个女伴。"

"有其他男人吗？"

"没有。"

"咱们去吧。"

我的友人朝着剧场大门走了过去。

"喂，不是走那边啊！"我对他说。

"咱们去买点儿蜜饯，刚刚玛格丽特跟我要来着。"

我们走进了在剧场过道上开的一家糖果店。

我真想把整个店铺都买下来。我正在瞧着要买些什么装进袋子里，我的友人说话了。

"葡萄蜜饯来一斤。"

"您知道她喜欢吃这个？"

"她向来不吃其他蜜饯，这谁都知道。"

"哦。"

我们走出糖果店时，他继续说道："您晓得我要把您介绍给一个怎样的女人吗？不要以为我要把您介绍给一位公爵夫人，她只是一个妓女，一个地地道道的妓女。亲爱的，您不要拘谨，想说什么就说什么。"

"好吧，好吧。"我咕咕哝哝地说着。我在朋友的后面跟着走，心中却在想，看来我的热情要被浇凉了。

在我步入包厢时，玛格丽特开怀大笑。

我宁愿看到她郁郁寡欢。

我的友人将我介绍给了她，她对着我轻轻点了点头，接着就说："那么，我的蜜饯在哪呢？"

"这儿呢。"

玛格丽特在拿蜜饯时，望了望我。我将眼睛垂了下去，脸涨得通红。

她弯下身子在她邻座那个女人的耳畔悄悄说了些什么，之后两个人都放声大笑起来。

显然，我变成了她们的笑柄；我窘迫的样子更是让她们笑个不停。那个时候，我原本就有一个情妇，她是一个腼腆而善良的姑娘，温柔而多情。我经常笑话她那多情的性格和她那多愁善感的情书。鉴于我此时此刻的感受，我终于知道自己之前对待她的态度让她何其痛苦了，所以在长达 5 分钟的时间里，我爱她就像初次爱上一个女人时那样。

享受着葡萄蜜饯，玛格丽特就不再注意我了。

我的介绍人不想让我身处这种尴尬而可笑的境地。"玛格丽特，"他说，"倘若杜瓦尔先生不跟您说话，您也别大惊小怪。您把他搞得不知所措，他连该说些什么都不晓得了。"

"我看呀，您是觉得一个人过来无趣，才请这位先生陪着您来的。"

"倘若如此，"我开口说了话，"我就不会请欧内斯特先过来，征求您的同意再向您介绍我了。"

"很有可能，这是一种拖延这一倒霉时刻的办法。"

像玛格丽特那样的姑娘，谁要是曾经跟她们有过一点儿交往，就会晓得她们喜欢装疯卖傻，喜欢跟她们初次见面的人搞恶作剧。她们被迫忍受着那些每天跟她们见面的人的侮辱，这显然是针对那些侮辱的一种报复。

因此，对付这些人得用她们圈内人的某种习惯，但这种习惯我是没有的。况且，我对玛格丽特原有的印象，让我对她开的玩笑过于当真了。对于这个女人的任何一个方面，我都无法不上心。于是，我站起身来，用一种无法遮掩的沮丧的腔调对她说："倘若您以为我是这样的人，那么夫人，我只好请您对我的冒失见谅。我只能向您告辞了，而且我向您保证，我以后绝不会再这么莽撞了。"

说完，我施了一个礼便走了。

我刚把包厢的门关上，就听到了里面的第三次哄笑声。这时，我巴不得有个人来撞我一下。

我返回到自己的座位上。

这时，开幕锤敲响了。

欧内斯特回到了我身边。

"您是怎么啦！"他边就座边对我说，"那些人都以为您疯了。"

"玛格丽特又说什么了，在我走了之后？"

"她又笑了，还跟我说，她从来也没见过像您那样可笑的人。不过，您千万不要觉得自己很失败，对这些姑娘您没必要那么认真。她们搞不清楚何为风度，何为礼貌；这就如同给狗喷洒香水，它们自己总觉得难闻，非要跑到水沟里打着滚洗干净。"

"说到底，这跟我有什么关系呢？"我尽量表现得不以为意，说，"我再也不想看到这个娘们儿了，如果说在认识她之前我对她有那么点儿好感，如今认识她之后，就完全不一样了。"

"得了吧！总有那么一天，我会看到您坐在她的包厢里，还会听说您为她倾家荡产呢。不过，即便那样也怪不得您，她虽然没什么教养，但却是一个值得搞到手的漂亮情妇哇！"

幸好开幕了，我的友人没有再接着说什么。那天舞台上演了些什么，我很难告诉您了。我所记得的就是，我时不时地抬头看看不久前匆匆逃离的包厢，那里的新访客络绎不绝。

可是，我根本就无法忘记玛格丽特，我的脑袋里涌动着另一种想法。我觉得，我不应该对她的侮辱和我自己的愚蠢可笑耿耿于怀。

我暗自想，即便倾家荡产，我也要得到这个姑娘，占据那个我刚刚轻易放弃的位置。

戏尚未结束，玛格丽特和她的友人便离开了包厢。

我情不自禁，也离开了自己的座位。

"您这就走了吗？"欧内斯特问我。

"嗯。"

"为什么？"

此时，他发现那个包厢没人了。

"去吧，去吧。"他说，"祝您好运，祝您一切顺利！"

我离开了剧场。

我听到楼梯上有细小的衣裙摩擦声和说话的声音。我躲到一旁以免被人看到，只见有两个青年伴着这两个女人走了过去。在剧场的圆柱走廊里，有个小仆从朝着她们迎上来。

"去告诉车夫，让他去英国咖啡馆门口等着我，"玛格丽特说，"我们走着去那儿。"

几分钟之后，我在林荫大道上徘徊不前的时候，发现在那个咖啡馆的一个大包间的窗户前，玛格丽特正靠着窗栏，将她那束茶花的花瓣一片一片地摘下来。

两个青年中的一个正弯下身来，在她肩膀后侧跟她窃窃私语。

我进了不远处的金屋咖啡馆，在二楼的楼厅里坐了下来，目不转睛地盯着那个窗户。

凌晨 1 点，玛格丽特和她的三个友人一同上了马车。

我也蹿到一辆轻便马车上，尾随她而去。

到达昂坦街 9 号门前，她的车子停了下来。

只见玛格丽特下了车，自己一个人回到了家里。

或许她这样一个人回家是偶然的，但这个偶然让我感觉幸福极了。

从此以后，我经常在剧院里、香榭丽舍大街遇到玛格丽特。她总是那样快活，而我却总是那么激动。

可是，接连有两个星期，我在哪里都没碰到她。我遇到了加斯东，便向他打听她的消息。

"可怜的姑娘病得很厉害。"他对我说。

"她得了什么病？"

"她得了肺病，而且，她那种生活方式对治好她的病毫无益处，她正卧床等死呢。"

人的心真是难以捉摸。在听到她的病情时，我近乎觉得很高兴。

每天我都会去打听她的病情，但我不会让人记下我的姓名，也不会留下我的名片。就是通过这样的方式，我得知了她病愈后又去了巴涅尔的消息。

　　随着时间的推移，要么是我渐渐忘记了她，要么就是她留给我的印象慢慢变淡了。我外出旅行，与亲友往来，生活里的琐事和日常的工作减淡了我对她的思念。即便我回想起与她的那次邂逅，也不过是把它当作一时冲动。这样的情况在少不更事的年轻人中是很常见的，通常都是时过境迁，付之一笑。

　　况且，我能够忘掉之前的情形也没什么好大惊小怪的，因为自从玛格丽特离开巴黎之后，我就看不到她了。所以，就像我刚刚对您说的，当她在杂耍剧院的走廊里打我身边走过时，我都认不出她来了。

　　诚然，那个时候她戴着面纱，但在两年以前，即便她戴着面纱，我也能一眼就认出她来，就是猜也能猜到是她。

　　即便如此，当我得知那就是玛格丽特的时候，我的心里依旧怦怦乱跳。就在我看到她衣衫的那一瞬间，我那因两年未见她而渐渐冷淡下去的对她的感情，再度燃烧起来。

第八章

　　可是——阿尔芒休息了一下继续说道——我一方面很清楚自己仍然爱着玛格丽特，另一方面又觉得自己要比以前更加坚强。我期待再次见到玛格丽特，而且想让她瞧瞧我如今要远比她优越。

　　为了得偿心中所愿，是要思索出多少办法，编造出多少个理由哇！

　　因此，我再也不能在走廊里待着了。我返回到正厅坐了下来，眼睛快速地朝大厅里扫了一下，想看看她在哪个包厢里坐着呢。

　　她就一个人坐在台前的底层包厢里。我刚刚已经告诉过您，她不一样了，嘴角上再也没有了那种毫不顾忌的微笑。她患过一场病，现在还没痊愈呢。

　　虽然已是四月天，可她穿的却还像是过冬的一样，从上到下全都是天鹅绒的。

　　我的眼睛一动不动地盯着她看，终于将她的目光吸引了过来。

　　她对着我仔细看了好一会儿，又拿起望远镜想端详一下我。她一定是觉得我似曾相识，但一时又想不起来我是谁。她将望远镜放下的时候，嘴角上露出一丝微笑。这种非常妩媚的笑容是女人用来示意的，显然她正准备对我将要向她表达的敬意做出回应。不过，对于她的示意，我没做出一丁点儿的反应，似乎是要成心显得比她高贵。我故意装作她想起了我是谁，而我却已经把她忘得干干净净的样子。

她大概觉得认错了人，把头扭了回去。

开幕了。

在演出期间，我朝着玛格丽特看了好多次，她没有一次在专心地看戏。

而我呢，心思也完全就不在演出上。我的心全在她身上，但又努力不让她感觉到。

我发现她正在跟自己对面包厢里的人相互示意，便朝那个包厢望过去。我认出来了，那个包厢里坐着的是一个跟我颇为熟悉的女人。

这个女人也曾做过妓女，还曾试图进到戏班子里，但没能如愿。后来，凭借自己与巴黎那些时髦女子的关系，她做起了生意，开设了一家女性时装店。

就是从她的身上，我找到了一个与玛格丽特见面的机会。我趁着她朝我这里瞧的时候，打手势，使眼色，向她问好。

果不其然，如我所料，她招我去她的包厢里。

那位女性时装店的老板娘是一个40来岁的胖女人，名叫普鲁登丝·迪韦尔诺瓦。想要从她们这样的人那儿打听些什么，是方便快捷的，更何况我跟她打听的事是那么的稀松平常。

就在她再次跟玛格丽特打招呼时，我问她："您在看哪一位呀？"

“玛格丽特·戈蒂埃。”

“您认识她吗？”

“认识，她是我店里的主顾，还是我的邻居呢。”

“您也是住在昂坦街？”

“昂坦街 7 号，我们两个的梳妆间刚好正对着。”

“听闻这个姑娘甚是迷人哪。”

“您还不认识她吗？”

“不认识，但我很想认识一下她。”

“您是想要我把她叫过来吗？”

“不，还是您把我介绍给她比较好。”

“去她家里吗？”

“对。”

“这不大好办。”

“为什么？”

“有个嫉妒心很重的老公爵监护着她。”

“监护，那真是妙极了！”

“是啊，她被监护着呢。”普鲁登丝继续说，“可怜的老头子，做她的情夫还真够费事的呢。”

接下来，普鲁登丝就把玛格丽特在巴涅尔认识公爵的过程告诉了我。

“就是因为这样，”我接着说，“她才独自来这里的吗？”

“太对了。”

“可谁来陪她回去呢？”

“就是他呀。”

“那么他是要到这里再陪她回去喽，对吗？”

“他过一会儿就来了。”

“您呢，谁陪您回去呢？”

“没人。”

“让我陪您吧！”

“可是，您不是还有一位朋友吗？”

“那么我们就一同陪您回去吧。”

“您那个朋友怎么样？”

“一个十分俊俏和机灵的小伙子，能认识您，他一定高兴得很。”

“那么，就这样吧，等这幕戏结束咱们四个人①一起走，最后一幕戏我早就看过了。”

“好嘞，我去告诉我的朋友。”

“去吧。”

“喂！”我正准备走出去，普鲁登丝叫住我说，“看呀，走进玛格丽特包厢的就是前面跟您说的那位公爵。”

我朝着那里望了过去。

果不其然，一个年近七十的老头儿刚在那个年轻女人身旁坐下不久，还拿给她一袋子蜜饯。她忙笑眯眯地从纸袋子里掏出蜜饯，接着又将那袋子蜜饯递到包厢前，朝着普鲁登丝举了举，意思是说：“您要来一些吗？”

“不要了。”普鲁登丝说。

玛格丽特收回那袋子蜜饯，扭过身去，开始跟公爵闲聊起来。

讲这些鸡毛蒜皮的小事显得我有些幼稚，但跟这个姑娘有关的

----

① 四个人，疑误，由上下文推测应为三个人。

一切我都记得清清楚楚。所以，我现在还是不由得全都想起来了。

我走下楼去，把我为我们俩做的安排告诉了加斯东。

他应允了。

我们离开自己的座位，打算去楼上迪韦尔诺瓦夫人的包厢里。

一打开正厅的门，我们就不得不停下来，让玛格丽特和公爵先行一步。

我真心希望能占得这个老头儿的位置，哪怕折寿十年。

到了大街上，公爵搀扶着玛格丽特登上了一辆四轮敞篷马车，而自己就亲自驾着那辆车。两匹骏马就拉着他们渐渐走远了。

我们走到了普鲁登丝的包厢里。

演出结束后，我们一起下楼离开剧院，租了一辆普普通通的马车。它将我们拉到了昂坦街7号。到了普鲁登丝家的门口，她邀请我们去开开眼界，上楼到她家去欣赏一下让她感到自豪的那些物品。可想而知，我会多么急切地接受她的邀请。

我好像感觉到自己正在慢慢地接近玛格丽特。没过多大会儿，我就把话题扯到了玛格丽特那里。

"此时此刻，那个老公爵会在您的女邻居家吗？"我问普鲁登丝。

"不在，她此时肯定独自一人在家。"

"那她肯定会觉得无比寂寞。"加斯东说。

"几乎每天晚上，我们都会一起打发时间，要不就是她晚些时候从外面回来再喊我过去。在凌晨2点之前，她是从来不会睡觉的，太早了她难以入睡。"

"为什么？"

"因为她几乎一直在发烧，她有肺病。"

"她就没个情人吗？"我问。

"我到她家里的时候，从没有一次见有人在她那儿留宿，不过我也不敢保证就没人等我离开之后再回去。晚上我在她家的时候，经常碰到一位 N 伯爵。这位伯爵满以为自己经常在晚上 11 点去拜访她，她想要多少饰品就给多少，就能渐渐收获她的芳心。可是，她一见他就觉得讨厌。她错了，他可是一个有钱有势的少爷啊。我总是跟她说：'亲爱的宝贝，他是适合你的男人！'但是，一点儿用都没有。平时，我的话她都听得进去，但一听到我说这些的时候，她就会把脸转过去，跟我说那个人太蠢了。我承认，他确实蠢，但对她来说总算是一个归宿吧。那个老公爵没准哪天就一命呜呼了。老公爵不会留给她什么的，原因有二：一是因为这些老头子都是自私的，二是因为他的家里人一直反对他爱慕玛格丽特。我跟她摆道理，试图说服她，可她总是告诉我，等公爵没了再跟伯爵好也不迟。"

普鲁登丝接着说："如她这般生活不会总是很有趣的，我对此很了解。我就受不了这样的生活，很快就会把那个老家伙赶走。这个老头子简直太讨厌了，他视玛格丽特为自己的女儿，把她当成孩子一样加以照顾。他总是在监视她，我敢肯定此时此刻准有一个他的仆人在街上来回溜达，为的是瞧瞧谁会从她的屋里出来，更要瞧瞧谁进了她的家。"

"哦，可怜的玛格丽特呀！"加斯东一边说着，一边坐在钢琴前，弹起一首圆舞曲，"这些事我不太清楚，但近来我发觉她不如以往那般快乐了。"

"嘘，别说话！"普鲁登丝侧耳倾听。

加斯东停住不弹了。

"她好像在叫我呢。"

我们全都侧起耳朵，静静地听起来。

确实，有一个声音在呼喊普鲁登丝。

"那么，先生们，你们请便吧。"迪韦尔诺瓦夫人对我们说。

"嗳，您就是这样待客的吗？"加斯东笑着说道，"我们只有想走的时候才会走。"

"我们为什么要走呢？"

"我要去玛格丽特家。"

"我们在这儿等着吧。"

"那可不行。"

"那我们和您一块儿去。"

"那更不行啦。"

"我认识玛格丽特，"加斯东说，"我去拜访她当然没问题。"

"可阿尔芒不认识她呀！"

"我帮他介绍介绍。"

"那怎么可以呢？"

玛格丽特的喊声又传到我们耳边，她一直在喊普鲁登丝。

普鲁登丝跑到了她的梳妆间，随即打开了窗户，而我跟加斯东也跟着进去了。

我们俩躲在一边，以防被外面的人看到。

"我喊了您 10 分钟了。"玛格丽特站在窗口，几乎没好气地说。

"您喊我做什么？"

"我想您快点儿过来。"

"为什么？"

"因为 N 伯爵还在这儿赖着不走，我真是被他烦死了。"

"我这会儿走不开。"

"谁拦着您啦？"

"我家里有俩年轻人不肯离开。"

"跟他们说，您一定得出去。"

"我都跟他们说过了。"

"那就留他们在您家里好啦。反正您一出去，他们就会走的。"

"我的家会被他们搞得一塌糊涂！"

"那他们究竟想做什么？"

"他们想去看看您。"

"他们都是谁？"

"有一位您认识，他就是 R·加斯东先生。"

"哦，没错，我认得他；还有一位呢？"

"阿尔芒·杜瓦尔先生。您认识他吗？"

"不认识，不过您把他们都带过来吧，他们总好过伯爵吧。我等着您，快点儿呀。"

玛格丽特将窗户关上了，普鲁登丝也一样。

就在刚才，玛格丽特还看着我面熟，可这会儿却连我的名字都记不起来了。我倒宁愿她还记得我，哪怕对我的印象不好也无所谓，但就是不愿意她就这样把我忘得一干二净。

加斯东说："我早就料到她是乐意见到我们的。"

"乐意？怕是不一定。"普鲁登丝一边披上披肩，戴上帽子，一边回应道，"她那是为了撵走伯爵才接待你们二位，你们要尽量比那个伯爵知趣一些，不然我很清楚玛格丽特，她肯定会跟我闹别扭。"

我们随着普鲁登丝一同下了楼。

我整个身体都在颤抖，似乎预感到这次拜访将对我的一生产生重大影响。

我很是激动，甚至比那次在喜剧歌剧院包厢里被介绍给她时还要激动。

在走到那座宅子——您已经认得了——的门前时，我的心怦怦直跳，脑袋里已经一塌糊涂了。

我们听到从屋里传来了几声钢琴和音。

普鲁登丝伸出手去拉响了门铃。

琴声马上就停了下来。

一个女人走出来打开了门，相对于一个女用人来说，这个女人更像是一个被雇用来的女伴。

我们一路走过大厅，来到一个小客厅——也就是您后来见到的那间小客厅。

有一个年轻人正靠在壁炉一侧站着。

玛格丽特坐在钢琴前，没精打采地按着琴键，一遍又一遍地弹着她那进行不下去的曲子。

整个房间的气氛颇为沉闷，男的因自己拿不出一点儿办法而心神不宁，女的因这个令人讨厌的家伙的来访而心绪烦乱。

一听说普鲁登丝来了，玛格丽特立刻站了起来，向她投去一个表示感谢的眼神。她迎着我们走上前来，对我们说："先生们，请进！欢迎光临！"

🌿 第九章

"晚上好啊，亲爱的加斯东，"玛格丽特对我的同伴说，"很高兴见到您，在杂耍剧院您怎么没到我包厢里来？"

"我担心有些冒昧。"

"作为朋友，任何时候也不要说冒昧。"玛格丽特特别强调了朋友一词，似乎是想告诉所有在场的人，虽然她对加斯东相当热情，但他无论在过去还是在现在都仅仅是一个朋友。

"那么，您同意我向您介绍一下阿尔芒·杜瓦尔先生吗？"

"我已经同意普鲁登丝向我介绍了。"

"但是夫人，"我俯了俯身子，勉强挤出一句凑合着能听得清的话，"我已经有幸由他人向您介绍过了。"

从玛格丽特那迷人的眼神里，似乎能看出来她在回想，但她丝毫也想不起来了，又或者，好像只是看起来她想不起来。

"夫人，"我继续说道，"对于你已忘记初次的介绍，我甚是感激，因为我那时很可笑，必定惹您生气了。那是在两年前，在喜剧歌剧院，我当时的同伴是欧内斯特·德……"

"哦，我想起来啦！"玛格丽特微笑着说，"当时可并非您可笑，而是我太喜欢捉弄人了，跟现在一样，但我现在比之前好点儿了。您原谅我了吧，先生？"

她将手递了过来，我吻了一下。

"真的是这样，"她又说，"您能想象，我当时的脾气是有多糟，我总是喜欢捉弄那些初次与我见面的人，让他们出糗。这么做其实是很弱智的。我的医生告诉我，这是因为我有点儿神经质，而且总是感觉不适的缘故，请相信我的医生所讲的吧。"

"可如今看来，您的身体很不错。"

"唉，我得过一场大病。"

"我知道。"

"是谁告诉您的？"

"您生病众所周知，我时常打听您的病情，后来得知您的病痊愈了，我很是高兴。"

"可我从未收到过您的名片。"

"我向来不留名片。"

"听说在我生病期间，有个青年天天都来打听我的病情，但一直不想留下大名。这个青年莫非就是您？"

"是我。"

"这么说的话，您不光心胸宽广，心地也很好。"她朝我望了一眼。通常，在评价一个男人用言语不足以表达时，女人会用这样的眼神来做一下补充。随后，她转过身去对 N 伯爵说："伯爵，换作是你就不会这么做了吧。"

"我才认识您不到两个月啊。"伯爵辩解道。

"这位先生认识我才不过五分钟呢，您说的全是蠢话。"

对于不喜欢的人，女人们是冷漠苛刻、毫无感情的。

伯爵咬着嘴唇，脸涨得通红。

我有点儿同情他，他好像跟我一样爱上了玛格丽特，而玛格丽特不加掩饰的强硬态度一定让他感到很难堪，尤其是在俩陌生人面前。

"我们刚刚进来时，您正在弹琴，"我想把话题岔开，便说道，"您就当我们是您的老朋友，接着弹好吗？"

"哦，"她边用手示意我们就座边倒在长沙发上说，"加斯东清楚我弹了些什么。若只是对着伯爵弹一弹倒还行，但我可不想让您二位遭这份罪。"

"没想到您这么偏爱我。"N伯爵微笑着自嘲道。

"您这就错怪我了，我指的不过就这一件事。"

这个可怜的青年看来只能默不作声了，他朝那个姑娘望了一眼，那眼神简直就像是在哀求她。

"那么，普鲁登丝，"她继续说，"我托您办的事办好了没？"

"办好了。"

"那好，待会儿再跟我说吧。咱们还有些事要聊一聊，在没聊之前，您可先别走呀。"

"我们来得大概不是时候，"于是我说，"现在我们，倒不如说是我，已经被第二次介绍了，这样就可以把第一次介绍抹去了。我们俩，加斯东和我，就少陪了。"

"压根儿不是这样的；这些话不是说给你们俩听的，相反，我倒希望你们别走。"

伯爵拿出一块极为精致的怀表，看了一下时间。

"我该到俱乐部去了。"他说。

玛格丽特一句话也没说。

于是伯爵离开了壁炉，走到她面前说："再见了，夫人。"

玛格丽特站起身来。

"再见了，亲爱的伯爵，您现在就走吗？"

"嗯，恐怕我让您觉得厌烦了。"

"跟以往相比，您今天也并没有更使我厌烦。什么时候再能见到您啊？"

"您想见我的时候吧。"

"那就再见了！"

您不得不承认，她这招儿可真是绝了！

幸亏那个伯爵受过良好的教育，颇有涵养。他只是握着玛格丽特漫不经心地伸向他的手吻了一下，朝我们施了个礼便离开了。

他在踏出房门的那一刻，向普鲁登丝望了望。

普鲁登丝耸了耸肩，那副神情好像是说："您让我咋办，我能做的全都做了。"

"纳妮娜，"玛格丽特高声喊道，"帮伯爵照照亮儿。"

我们听到了门被打开又被关上的声响。

"可算是走了！"玛格丽特大嚷着回来了，"这个年轻人让我浑身不自在。"

"亲爱的宝贝，"普鲁登丝说，"对他，您真是太狠心了。他对您多好啊，多体贴啊。您瞧瞧，壁炉架上还有他送您的一块表呢，我敢肯定这块表起码花费了他 3000 法郎。"

迪韦尔诺瓦夫人走到壁炉边，拿起她刚刚提及的那件首饰赏玩，并用贪婪的目光望着它。

"亲爱的，"玛格丽特坐到钢琴前，说，"我把他的东西放在天平的一边，把他的话放在天平的另一边，这么一称，我觉得同意他来访还是太便宜他了。"

"这个可怜的年轻人爱您啊。"

"假如非要让我听所有爱我的人说话，那我大概连吃饭的时间也没有了。"

随后，她信手弹奏了一会儿，接着转过身对我们说："你们想吃点儿什么吗？我呢，很想喝点儿潘趣酒①。"

"我呢，很想吃点儿鸡肉，"普鲁登丝说，"我们吃点儿夜宵好不好？"

"好呀，咱们一起出去吃。"加斯东说。

"不用了，咱们就在这儿吃。"

她拉了拉铃，纳妮娜就进来了。

"吩咐人准备夜宵！"

"吃点儿什么？"

"随便，但要快点儿，马上就要。"

纳妮娜去了。

"太好喽，"玛格丽特跟个孩子似的蹦蹦跳跳地说，"我们要享用夜宵喽。那个蠢伯爵真讨人厌！"

我越看这个女人就越入迷，她美得让人心醉，甚至连她的瘦削也变成了一种风韵。

我陷入了遐想。

我到底是怎么了，这连我自己也讲不清楚。对于她的生活，我充满同情；对于她的美貌，我无比赞赏。她不愿意接受一个帅气、富有甚至准备为她倾家荡产的年轻人，这种清高的姿态让我

---

① 潘趣酒，一种用烧酒或果子酒加入糖、红茶、柠檬等调制的英式饮料。

原谅了她以往的一切过错。

这个女人的身上，具有某种单纯的东西。

可见，尽管她生活放荡，但内心仍旧纯洁。她举止稳重，体态轻盈柔美，玫瑰色的鼻翼轻轻地一张一翕，大大的眼睛周围围绕着一圈淡蓝色，表明她天性热情奔放。它们周围总是散发着一股诱人情欲的香味，就像是一些东方的香水瓶，即便盖得密不透风，仍然会有香水味儿渗透而出。

不知为何，或许是由于她的气质，又或许是她生病所致，这个女人的眼中总是闪耀着一种希望之光。对于曾经爱过她的人来说，这种现象或许就是一种上天的启示。不过，爱过玛格丽特的人是数不胜数的，而被她爱过的人则尚未被计算。

总而言之，这个姑娘仿佛是一个不慎失足的童贞女，又似乎是一个很容易成为极为多情而纯洁的贞节女子的妓女。此外，玛格丽特身上还拥有一些傲气和独立自主性，二者在她遭受挫折之后，可能发挥着与廉耻心一样的作用。我一声不吭，我的灵魂仿佛钻进了我的心坎，而我的心灵又似乎钻进了我的眼睛。

"这样说来，"她突然又接着说，"在我生病期间，时常来打听我病情的就是您啦？"

"没错。"

"您知道，这可太让人开心了，我该怎么感激您呢？"

"允许我经常来看看您就行了。"

"您想什么时候来都可以，下午 5 点到 6 点，深夜 11 点到 12 点，都行。好吧，加斯东，请为我弹奏一曲《邀舞》。"

"为什么？"

"一来是为了让我开心开心，二来是因为我自己总是弹不好这首曲子。"

"您哪个地方遇到困难啦？"

"第三段，有高半音的一节。"

加斯东站了起来，到钢琴前坐了下来，开始弹奏韦伯^①的这首名曲，而乐谱摊在谱架上。

玛格丽特用一只手扶着钢琴，目光随着曲谱上的音符移动，嘴巴里小声地吟唱。在加斯东弹奏到她所说的那一节时，她一边用那只手在钢琴顶上随着节奏敲打，一边轻声唱道："re、mi、re、do、re、fa、mi、re，我就是在这儿弹不下去的，请再来一遍。"

加斯东又弹奏了一遍，之后玛格丽特对他说："现在让我试一下。"

她坐到钢琴前的位子上弹奏起来，可是当她那不受控制的手指弹到那几个音符的时候，又把一个音符搞错了。

"简直难以置信，"她用几乎是孩子气的腔调说，"我怎么都弹不好这段！说出来你们都不信，有好几次我就这么一直练习到凌晨2点多！那个蠢伯爵不用看曲谱就能弹奏得那么好，一想到这儿，我就恨死他了。我想自己就是因此才恨他的。"

她又重新弹奏起来，可还是弹不好。

"让韦伯、音乐和钢琴都滚蛋吧！"她边说着边将曲谱扔到了屋子的另一个角落，"我怎么就不能连续弹八个高半音呢？！"

她双臂交叉起来，一边望着我们，一边跺脚。

---

① 卡尔·马利亚·冯·韦伯（1786—1826），德国作曲家。在其作品中，钢琴曲《邀舞》最为脍炙人口。

她的脸涨得红红的，一阵轻微的咳嗽让她朱唇微启。

"您瞧，您瞧，"普鲁登丝说着已经摘下帽子，在镜子前打理她两侧的鬓角了，"您又发脾气了，这又会让您难受的。咱们最好还是吃夜宵去吧，我要饿晕了。"

玛格丽特又把铃拉了几下，然后重新坐到钢琴前，又弹了起来，嘴巴里曼声吟唱着一首轻佻的歌曲。在弹着钢琴唱这首歌曲的时候，她没犯任何错。

这首歌加斯东也会唱，于是他们就来了个二重唱。

"别再唱这些龌龊的歌曲了。"我亲切地对玛格丽特说，说话时带着一种恳求的语气。

"啊，好像您有多正经似的！"她一边微笑着对我说，一边把手伸向我。

"这并非为我好，而是为您好哇。"

玛格丽特摆了一个姿势，那意思是说：呵，我跟贞洁早就毫无关系了。

这时候，纳妮娜走了进来。

"夜宵做好了没？"玛格丽特问。

"太太，待会儿就好了。"

"对了，"普鲁登丝跟我说，"这所房子您还没参观过吧，来来来，让我带您去瞧瞧。"

您都知道了，她的客厅布置得很不错。

玛格丽特陪我们待了一会儿，随后便带着加斯东去了用餐的屋子，看看夜宵是不是准备好了。

"瞧，"普鲁登丝看到一个多层置物架，从上面取下来一个萨克森小塑像，同时高声说道，"您还有这么个小玩意儿，我都不知道。"

"哪个？"

"一个小牧童手里拿着鸟笼，鸟笼里还有一只鸟。"

"您喜欢的话，就拿走吧。"

"啊！可是我怕夺您所爱呀。"

"这个塑像我觉得难看得很，我本来打算将它送给我的女用人。既然您中意，那您就带走吧。"

普鲁登丝仅仅看重礼物本身，并不在意送礼的形式。她将塑像放到一旁，带着我来到梳妆间，指着贴挂在那儿的两张精细的肖像画对我说："这是 G 伯爵，他之前爱死玛格丽特了，就是他把她捧红的。您认识他吗？"

"不认识。那么这位呢？"我指着另一幅肖像问道。

"这是小 L 子爵，他被迫离开了她。"

"为什么？"

"因为他差点儿就破产了。这也是一个爱过玛格丽特的人！"

"那么她必定也很爱他喽。"

"这个姑娘脾气怪得很，她在想什么，别人永远都猜不透。小 L 子爵准备离开的那晚，她跟平常一样去剧场看戏，但在出发的时候却哭起来了。"

这时，纳妮娜来了，告诉我们夜宵已经准备妥当。

在我们走进用餐的屋子时，玛格丽特正倚靠在墙上，加斯东正拉着她的手，跟她轻声细语地说话。

"您是疯了吧，"玛格丽特对他说，"您知道，我是不会应允的。您认识我已经两年了，怎么现在才想做我这样一个女人的情人呢。我们这些人，要么一认识就以身相托，要么就永远也不那么做。来吧，先生们，请坐。"

玛格丽特把手从加斯东手里抽回来，请他坐在她右面，我坐在左面，接着她告诉纳妮娜："你待会儿再来坐，先去告诉厨房里的人，如果有人拉铃，不要开门。"

在她吩咐这件事的时候，已经凌晨 1 点了。

在享受夜宵的时候，大家有说有笑，开怀畅饮，大快朵颐。不一会儿，欢乐的气氛就达到了顶峰，时不时就能听到一些污言秽语，但这些脏话在某个圈子里被看作是幽默风趣的。纳妮娜、普鲁登丝和玛格丽特听到这些话，都为之叫好称快。加斯东肆意寻欢作乐，他这个年轻人心地善良，但就是脑袋有点儿不清楚。我有那么一阵真想随着他们，不再洁身自好，干脆参与到这场如美味佳肴般的快活中去。可渐渐地，我就跟这场喧闹分道扬镳了。我止住酒杯，瞅着这个 20 岁的美女推杯换盏。她又说又笑，粗鲁得就像个赶牲口的人。别人说的话越下流无耻，她就笑得越带劲儿，而我的心情就越来越忧郁。

不过，对在座的其他客人来说，这样的玩乐，这种说话和喝酒的姿态似乎可以说是源自他们的放荡、恶习或精力过盛；但对玛格丽特而言，我却觉得那是源自一种忘却现实的需要，一种冲动，一种神经质的激动。每每喝下一杯香槟，她的脸上就会因发烧泛起一道红晕。刚开始吃夜宵时，她咳嗽得很轻，可慢慢地就越来越厉害了，以至于她不得不把头靠在椅背上；咳嗽一旦发作，她就会用双手使劲按着胸口。

她本就身体虚弱，还每天都过着如此放荡的生活，让自己遭受痛苦，我真是心疼她。

后来，我担心的事情还是发生了。在夜宵即将结束时，玛格丽特严重地咳嗽了一阵。从我来到她家里，这是她咳嗽得最厉害的一次。我觉得她的肺似乎已经在胸腔里拉扯成了碎片。这个可怜的姑娘脸涨得通红通红的，难受地闭上了双眼。她拿起餐巾在嘴唇上一抹，马上就染上一丝鲜血，于是她站起身来，快步走进了梳妆间。

"玛格丽特这是怎么了？"加斯东问。

"她笑得太过火了，咳出血来了。"普鲁登丝说，"哦，没关系的，她天天如此。她马上就会回来的。让她自个儿在那儿吧，她喜欢这样。"

而我，我可是受不了了。不管普鲁登丝和纳妮娜如何大惊小怪地让我别去，我还是站起身来就奔向玛格丽特了。

第十章

那个房间，就是她跑进去的那间，只点着一根蜡烛，就放在桌子上。她斜靠在大沙发上，裙衣敞开，一只手在胸口上按着，另一只手则耷拉在沙发外侧。桌子上放着一个银脸盆，里面有半盆清水，水中浮现着血丝，那样子就像是大理石的花纹。

玛格丽特脸色煞白，嘴巴半开，竭力想保持正常呼吸。她时不时深深地吸一口气，然后又长呼一阵，似乎这样做能轻松一些，舒服个几秒钟。

我走到了她跟前，她却一动也没动。我坐下来，握住了她搭在沙发上的那只手。

"哦，是您哪。"她微笑着对我说。

或许是因为我的表情过于紧张，她又接着问我："莫非您也生病了？"

"我没病，您怎么样，还是觉得难受吗？"

"还是有点儿，"她用手绢擦去了她那因咳嗽而流出的眼泪，说，"这种情况我习以为常。"

"您这是在自杀呀，夫人，"我对她说，声音有些激动，"我要成为您的朋友、亲人，我要劝您别这样作践自己。"

"啊！您真的不用这么大惊小怪，"她争辩道，语调里带着些辛酸，"您瞧别人还关不关心我，因为他们清楚得很，这种病是治不好的。"

说完，她就站起身来，将蜡烛挪到了壁炉上，然后自己对着镜子照了照。

"我的脸色可真够苍白的！"她一边说着，一边系好了裙带，并用手指捋了捋散乱的头发，"嗯，好了！让我们回到桌子上，走吧。"

可是我依旧在那儿坐着，一动不动。

她明白，我的这种情感是被刚刚这幕情景激起来的，便走到我身旁，向我伸出手来，说："瞧您，走吧。"

我接过她的手，将它放在嘴边亲吻，情不自禁地流出两滴憋了许久的热泪，把她的手都润湿了。

"嗳，太小孩子气啦！"她说着，又坐在了我身旁，"啊，您在哭哇！您怎么了？"

"您一定会觉得我有些傻，可我刚刚见到的那种情景让我难过极了。"

"您真是个好人！可您叫我怎么办呢？我晚上失眠，那就只能适当地消遣一番；况且，像我这样的女人，多一个少一个又有什么关系呢？医生跟我说，这只是支气管出血。我权当他们说的话是真的，我能拿他们怎么样呢？"

"听我说，玛格丽特，"我再也无法抑制自己的感情，便说，"您会对我的生命产生何种影响，我不知道，但我知道，此时此刻我最关心的就是您。我对您的关心超过了任何人，甚至包括我的亲妹妹。自从见到您以后，我就有了这样的想法。好吧，求您看在老天的份儿上，好好保重自己的身体吧，不要再像这样生活啦！"

"倘若我保重身体，反倒会死掉的。现在能支撑着我的，就是我眼前过的这种满是狂热的生活。说到什么保重身体，那只是那些亲友不缺的上流社会的太太和小姐们才会做的。我们这些人呢，一旦满足不了情人的虚荣心，无法供他们寻欢作乐、消愁解闷，他们就会将我们晾在一边，而我们就只能度日如年地遭受苦难，这些我明白得很，哼！我卧床两个月，结果第三周就没人再来搭理我了。"

"对您来说，我什么都不是，"我继续说道，"但如果您不嫌弃，我会像哥哥一样来照顾您，对您不离不弃。我会治好您的病的。待您身体痊愈之后，您只要喜欢，可以再来过您现在这种生活。但我确信，您一定会喜欢上清净的生活的，这会让您更加快乐，让您美丽永驻。"

"今天晚上您这么想，是因为您饮酒之后变得多愁善感，可是您自我吹嘘的那种耐心，您是不会有的。"

"请听我说，玛格丽特，您生过两个月的病，在那期间，我每天都会来打听您的病情。"

"这倒是，可您为什么不上楼呢？"

"因为当时我还没结识您。"

"跟我这样的女人，有什么不好意思的？"

"跟一个女人在一块儿总会有点儿不好意思，起码我个人这么认为。"

"如此说来，您真的会来照顾我？"

"是。"

"您每天都陪着我？"

"是。"

"甚至每一天晚上都来吗？"

"什么时间都可以，只要您不烦我。"

"您这算是什么？"

"忠诚。"

"这种忠诚出于什么？"

"一种我对您无法抑制的同情。"

"这么说，您是爱上我了吧？您干脆就这样说，不是更简单明了吗？"

"有可能，但即便有一天我要跟您说，也不会是今天。"

"您最好永远不要对我说。"

"为什么呢？"

"因为这样示爱只有两种结果。"

"哪两种呢？"

"要么我拒绝，那样您就会怨恨我；要么我接受，那样您就有了个多愁善感的情妇。一个神经过敏的女人，一个身患疾病的女人，一个忧郁寡欢的女人，一个苦中作乐女人，一个咯血的女人，一个每年要花费100000法郎的女人，对公爵这样一个富裕的老头儿来说还能接受，但对您这样的年轻人来说就很麻烦了。我以前那些年轻的情夫都很快就离我而去，那就是明证。"

我什么也没有说。听着她这种近乎忏悔的自我表白，我仿佛看到在奢靡享乐生活的外表下她在痛苦地活着。这个可怜的女人借助放荡、酗酒和失眠来逃避现实。这所有的一切让我生出万千感慨，却说不出一句话。

"不说了吧，"玛格丽特接着说，"我们简直就像两个孩子在讲话。伸手给我，一起回餐室吧，别让他们知道我们在干吗。"

"您乐意去就去吧，请您允许我待在这儿。"

"为什么呀？"

"因为您的快活让我觉得痛苦万分。"

"那我哭丧着脸就好啦。"

"哦，玛格丽特，让我再告诉您一件事。大概其他人也经常跟你说这事儿，您习以为常了，也就不会再在意它了。可这确确实实是我的心里话，我就只跟您说一遍。"

"什么事？……"她微笑着对我说，那微笑经常会出现在年轻母亲在听她们的孩子说傻话时。

"打我见到您之后，不知道是怎么了，也不知道是为什么，您就在我的生命里占据了一个位置。我曾试图忘记您，可我办不到，您的音容笑貌始终徘徊在我的脑海里。我已经两年没见到您了，可今天一看到您，您在我心中所占的位置就更加重要了。最后，您今晚接待了我，我结识了您，知道了您一切特别的遭遇。您在我的生命中已不可或缺。您不要说您不爱我，即便说不让我爱您，我也会发疯的。"

"可您真是太可怜啦，我要像 D 太太^①那样说了：'那么您很有钱喽？'您难道还不知道，我每个月要消费六七千法郎。这种生活上的花销我已不可或缺，可怜的朋友，难道您不知道，过不了多久，您就会因我而破产的。到时候您的家人会断绝您的经济来源，以此劝诫您别再跟我这样一个女人生活。就像一个好友那样来爱我吧，但不能再进一步了。您可以常来看看我，我们

---

①D 太太，即迪韦尔诺瓦太太。

一起说说笑笑，但也不用把我看得太重，因为我不值一文。您心肠太好了，您需要的是爱情。但想在我们这个圈子里混，您还太年轻，太容易感情用事，您还不如去找个有夫之妇做情妇。您瞧瞧，我跟您说得多坦诚，我是个多好的姑娘啊。"

"嘿嘿，你们俩在这儿搞什么鬼？"普鲁登丝冷不丁在门口喊道。她是什么时候过来的，我们丝毫也没注意。她头发松散，衣衫不整，我一看就知道这是被加斯东的手搞的。

"我们在说正经事，"玛格丽特说，"容我们再说两句，我们马上就过去。"

"行行行，你们接着说吧，宝贝们。"普鲁登丝边说边走，还把门关上了，似乎是为了强调她刚刚说的那几句话。

"就这么说定了，"玛格丽特在仅剩我们俩人的时候继续说道，"您就别再爱我啦。"

"那我这就走了。"

"真的到这种地步了吗？"

我确实已经进退两难，况且这个姑娘已经让我神魂颠倒了。这种包含着快乐而又悲伤、纯洁而又淫荡的混合物，还有那让她精神亢奋、易于冲动的病症，所有的一切都让我明白，如果一开始我就无法征服这个轻浮、健忘的女人，我就会失去她。

"那么，您的话是真的吗？"她说。

"全是真的。"

"那您为什么不早点儿跟我说？"

"我哪有机会告诉您这些话呢？"

"在喜剧歌剧院被介绍给我的第二天，您就可以跟我说呀。"

"我觉得假如我去的话，您可能不会欢迎。"

"为什么呢?"

"因为那天晚上我有些傻头傻脑的。"

"这倒是,但您当时不是已经爱上我了吗?"

"没错啊。"

"既然如此,您在散场后竟然还能踏踏实实地回家睡觉。伟大的爱情也不过如此嘛,对此我们清楚得很。"

"那您就错了,您可知我在那天晚上离开剧院以后做了些什么吗?"

"我不清楚。"

"我先是在英国咖啡馆门口等着您,后来又跟着您及您的三位朋友乘坐的马车去到您家门口。在看到您独自下车,又独自回家的时候,我的心里很是高兴。"

玛格丽特笑了。

"您为什么笑?"

"没什么。"

"我求您,告诉我吧,要不我会觉得您是在嘲笑我。"

"您别生气好吗?"

"我哪有资格生气呢?"

"好吧,我独自回家有一个很奇妙的因由。"

"什么因由?"

"有个人在这儿等我啊。"

这要比她给我来一刀还要让我痛苦。我站起身来,向她摆了摆手。

"再见吧。"我对她说。

"我就知道您肯定会生气的,"她说,"男人啊,总是迫不及待地要知道令他们心伤的事情。"

　　"不过，我向您保证，"我很严肃地继续说道，似乎是要表明自己已经完全控制好了情绪，"保证我没生气。有人等您那再正常不过了，就如同我将在凌晨 3 点告辞，也再正常不过了。"

　　"也有人在您家里等您吧？"

　　"没有，但我一定得走了。"

　　"那就再见吧。"

　　"您这是要撵我走吗？"

　　"没有的事。"

　　"您为什么要让我痛苦？"

　　"我怎么让您痛苦啦？"

　　"您跟我说，当时有个人在等您。"

　　"一想到您见我独自一人回家就觉得那么高兴，而那时我又有这么一个奇妙的因由时，我就不禁要笑出来。"

　　"我们总会得到一种孩子般天真的快乐，而如果只有让这种快乐得以保持，才能让得到这种快乐的人更加快乐，那么去破坏这种快乐就太狠毒了。"

　　"可是，您究竟当我是什么人呀？我不是黄花大闺女，也不是公爵夫人。我只不过今天才认识您，我以前做过什么跟您有什么关系？即便将来有一天我成了您的情妇，那您也应该明白，我还有其他的情人。还没成为我的情人就吃醋了，那将来，假如有的话，又会怎样呢？我从没见过您这样的男人。"

　　"那是因为从没有人像我这样爱着您。"

　　"好吧，那您说句心里话，您真的很爱很爱我吗？"

　　"我想，我已经爱到了自己的极限。"

"那么这是从……？"

"从我见您下了马车走进叙斯商店的那一天起，已经三年了。"

"您知道吗，您讲得浪漫极了。可我该如何回报这伟大的爱情呢？"

"该回报给我一点儿爱。"我说着，心儿跳得几乎说不出来话来。因为尽管玛格丽特说话时露出一种带有讥讽的微笑，但我还是觉察到，她好像也有些心慌意乱了，就跟我一样。我正一步步靠近期待已久的时刻。

"那公爵怎么办？"

"什么公爵？"

"我那个老醋坛子。"

"他不会知道的。"

"万一他知道了呢？"

"他会谅解您的。"

"哦，不可能！到时候他就抛弃我了，那我该怎么办？"

"您不是也在为别人冒这种险吗？"

"您怎么会知道？"

"您刚刚不是吩咐今晚别让人再进来吗？由此我就明了了。"

"没错，但那是个规规矩矩的朋友。"

"您这么晚还让他吃闭门羹，显然也并不太看重他。"

"这也用不着您来指指点点的，因为这是为了接待您和您的朋友，为了接待你们。"

慢慢地，我已经离玛格丽特很近了。我已经轻轻地搂住她的腰，将她柔软而轻盈的身体揽入怀中了。

"您知道吗，我是那么那么爱您！"我轻轻地告诉她。

"真的吗？"

"我发誓。"

"那么，如果您什么都听我的，不说二话，不监视，不盘问，我或许会爱您。"

"我什么都听您的！"

"我有言在先，只要我愿意，我爱怎么着就怎么着。我不会把自己的生活琐事汇报给您。这么长时间以来，我始终在寻觅一个年轻顺从的情人，他要多情而不多心，接受我的爱却又不主张权利。我还从来没寻觅到这么一位。男人总是如此：原本很难到手的东西一旦到手，时间久了，他们就又开始觉得不满足，进而要求了解他们情人的前世、今生甚至来生的情况。在渐渐熟悉之后，他们便试图掌控情人，结果对方越是迁就，他们就越是得寸进尺。如若我此时此刻一定要再找个情人，我希望他有三种不常见的品格，也就是相信我，顺从我，少进言。"

"这些我全都做得到。"

"以后再看吧！"

"什么时候？"

"再等等。"

"为什么？"

"因为，"玛格丽特挣脱了我的怀抱，在早上送来的一大束红茶花里摘出一朵，插在了我上衣的纽孔里，说，"因为合同并不一定在签字当天就执行啊。"

这理解起来并不难。

"那我什么时候能再见到您啊？"我边说边将她搂在怀里，搂得紧紧的。

"这朵茶花变色时。"

"那它什么时候会变色呀？"

"明晚，深夜 11 点到 12 点之间，您满意了吗？"

"还用问吗？"

"这件事您别告诉任何人，包括您的朋友、普鲁登丝，还有其他人。"

"我答应您。"

"现在，亲亲我，咱们一起回餐室去吧。"

她的嘴唇朝我凑过来……随后她又把头发重新整理了一下。在我们离开这个房间的时候，她哼着歌；而我呢，已激动得近乎疯癫了。

步入客厅时，她停住了，小声跟我说："我这种仿佛打算立马满足你心愿的样子，让您感觉有点儿意外吧。您知道这是为什么吗？"

"这是因为，"她将我的手紧紧贴在她的胸口，我感觉她的心在怦怦急跳，她接着对我说，"这是因为，显然我比别人短命，所以我要让自己活得更痛快点儿。"

"不要再跟我说这样的话了，我求求您了。"

"哦，您就放心吧，"她笑着继续说，"即便我活不久，也要活得比您爱我的时间长久些。"

随后，她就进了餐室。

"纳妮娜去哪儿了？"她见只剩下加斯东和普鲁登丝两个人，便问道。

"她在您屋里打盹呢，等着侍候您上床睡觉。"普鲁登丝答道。

"她好可怜哪！我可把她累坏了！好啦，先生们，请便吧，时间到了。"

过了 10 分钟，加斯东和我两个人就告辞离开了。玛格丽特和我握手道别，而普鲁登丝还留在那儿没走。

"喂，"走出屋子以后，加斯东问我，"您觉得玛格丽特如何呀？"

"她简直貌比天仙，我确实被她迷住了。"

"我早就料到了，这话您告诉她了没？"

"告诉了。"

"那她说了相信您的话了吗？"

"没说。"

"普鲁登丝可就不同了。"

"普鲁登丝顺了您的意了吗？"

"不仅仅是顺了我的意，我亲爱的！您简直都不会相信，她还真是很有趣呢，这个丰满的迪韦尔诺瓦！"

❦ 第十一章

　　故事讲到这儿，阿尔芒停了下来。

　　"请您关上窗户好吗？"他对我说，"我有些冷，我是时候睡上一觉了。"

　　我把窗户关好。阿尔芒的身体还很虚弱。他脱去便服，在床上躺了下去，把头在枕头上靠着休息了一下。那副样子就像是一个历经长途跋涉而疲惫不堪的旅人，又像是一个被痛苦的回忆烦扰得心神不宁的人。

　　"您或许是话说得多了，"我对他讲，"我还是走吧，让您睡上一觉，好吗？等改天我再听您把故事讲完。"

　　"您是不是觉得这个故事没什么意思呀？"

　　"刚好相反。"

　　"那我还接着讲吧。您要是留我一个人在这儿，我也睡不着。"

　　回到家里的时候——他不假思索地继续讲道，因为一切大事小情都深深地刻在他的脑袋里了——我并没有睡觉，而是开始回想这一天里发生的事情：与玛格丽特相遇，被介绍给她，她私下给我承诺。所有的一切突如其来，我甚至有时候还觉得那是在做梦呢。不过，对玛格丽特那样的女人来说，一个男人向她提出要

95

求，她同意在第二天就让其得偿所愿的事，也并非第一次了。

尽管我这样想，但我这位未来的情妇给我留下的第一印象还是太深刻了，以至于我始终无法忘怀。我还是一根筋地认为她不同于别的姑娘。我有虚荣心，就像一个普通男人那样，所以我坚信她就像我钟情于她那样钟情于我。

可是，我又发现了一些矛盾的情况。一方面，我经常听人说，玛格丽特的爱情犹如商品，价格因时而变，或涨或降。而另一方面，我们又看到她毅然决然地拒绝了那个年轻伯爵的要求，就是我们在她家里遇到的那位。这一举动又如何能与她的价格因时而变的名声联系上呢？您也许会说，因为她厌恶他，况且她现在靠公爵养着，生活富足无虞。这时候她要再找个情人，自然要找一个讨她喜欢的男人。那她为什么拒绝了那个帅气、聪明又有钱的加斯东，而好像是看上了初次见面就让她觉得可笑至极的我呢？

的确，有时候片刻之巧遇可以胜过一整年的苦苦追求。

在享用夜宵的那些人里，看到她离席而感到担心的只有我一个。我泪流满面地亲吻着她的手。如此种种，再加上在她生病期间，我每天都去打听她的病情，所以她才会觉得我与众不同。或许在她看来，对一个用这种方式示爱的人，她完全可以照例行事。她之前已经做过那么多次了，这样的事在她看来完全无所谓。

所有的这些设想，您也能看出来，是完全有可能的。然而，不管她到底是因何而同意，有一件事确定无疑，那就是她已然同意了。

我一直爱着玛格丽特，如今我就要得到她了，不能再苛求她什么了。不过我要跟您再说一遍，虽然她是个妓女，之前我总觉得——或许是我把她美化了——这段爱情毫无希望，以至于越是接近这个似乎即将得偿所愿的时刻，我就越是疑虑重重。

我一个晚上都没合眼。

我心神不宁，胡思乱想。我一会儿觉得自己不够帅气，不够富有，也不够潇洒，不配拥有这样一个女人；一会儿又为能拥有她而感到沾沾自喜，接着我又担心玛格丽特只不过对我有几天的热情，我预感到这种关系很快就会被打破，并且结局一定好不了。我告诉自己，晚上还是不要去她家了，还要把我的这种担忧写信告诉她，然后离她而去。接下来，我又产生了无限的希望，有了满满的信心。关于未来，我有着不可思议的期待。我告诉自己，要让这个姑娘从身体到精神全都康复起来；我要陪她一辈子，她的爱情将比最纯真的爱情更使我幸福。

总而言之，我思绪万千，心绪烦乱。我没办法再次向你描述那些浮现在我内心深处的全部念头。天亮时我才睡过去，这些念头才逐渐消失在朦胧中。

我醒来的时候已经是下午 2 点。天气好得很，在我的记忆中，我的生活从未这般美好与圆满。关于昨晚的回忆又清清楚楚地浮现在我的脑海中，而我又美滋滋地期待起今晚了。我迫不及待了。我心满意足，能够去做最美好的事情。我的心因满怀喜悦和爱而时不时地怦怦乱跳，一点儿激情便让我激动万分。我不再担心睡着之前困扰我的那些念头了。我看到的只有结果，想到的只有再见到玛格丽特的时刻。

我在家里怎么都待不下去了。我觉得房间似乎太小，无法容纳下我的幸福。我需要向大自然倾诉衷肠。

我出门去了。

我经过了昂坦街，看到玛格丽特的马车就停在门口候着她。我朝着香榭丽舍大街走去。凡是我所遇到的行人，我都很喜欢，尽管我甚至都不认识他们。

爱情是多么美好啊！

我从马尔利石马像①走到了圆形广场，又从圆形广场走回到马尔利石马像，来来回回地走了一个小时。我从远处看到了玛格丽特的车子，但我认不出它，我只是猜出来的。

在香榭丽舍大街拐角处，她让车子停了下来。一个个子高高的年轻人从一群跟他聊天的人里面抽身出来，跟她聊了起来。

他们俩聊了片刻，那个年轻人便又加入他那些朋友当中去了。马车又开动了，而我已经离那群人很近了。我认出了那个跟玛格丽特交谈的人，他就是 G 伯爵——我看到过他的肖像画，普鲁登丝跟我说过，就是他将玛格丽特捧到了如今的地位。

他就是头天晚上吃了玛格丽特闭门羹的那个人。我猜想玛格丽特刚才停车是想解释一下为什么昨晚不让他进门。但愿她此时此刻能再找一个借口，让他今晚也别去了。

一天里其余的时间是怎么过的，我丝毫也想不起来了，大概就是散散步、抽抽烟、聊聊天，可到了晚上 10 点，你再问我那天晚些时候我遇到过什么人，说过些什么话，我就完全不记得了。

我能记得清的就只有这些：我返回家中，打扮了整整三个小

---

① 石马像原本放置在巴黎附近的马尔利，后来被移到香榭丽舍大街入口处的协和广场。

时，然后我看了上百次的钟表，但不幸的是，它们一直都走得那样慢。

10点半的闹钟一响，我想该出发去约会啦！

当时我住在普罗旺斯街①。我顺着勃朗峰街向前走，然后穿过林荫大道，路过路易大帝街、马洪港街，最后到达了昂坦街。接下来，我朝着玛格丽特的窗户望了望。

房间里的灯亮着。

我拉了拉门铃。

我向看门人询问说戈蒂埃小姐是否在家。

对方回答我说，在11点或11点15分之前，戈蒂埃小姐是不会回来的。

我瞧了瞧表。

本来，我觉得自己走得很慢，可实际上我从普罗旺斯街到玛格丽特家只用了5分钟！

于是，我就在这条连个商店都没有的街上走来走去，当时街上已经没什么人了。

过了半小时，玛格丽特回来了。她一边走下马车，一边东张西望，似乎在找什么人。

马车被慢慢赶走了，因为这个房子里面既没有马厩也没有车棚。就在玛格丽特正要拉响门铃的时候，我走上去对她说："晚上好！"

"哦，是您呀？"她对我说，那语气听起来似乎是对在这里看

---

① 普罗旺斯街，当时位于高级住宅区。著名作曲家罗西尼、肖邦、比才，著名演员塔尔马，著名作家乔治·桑、大仲马等，都曾在该街居住。

到我不太高兴。

"您不是答应让我今晚来见您吗？"

"哦，没错，我倒忘记了。"

我早上的幻想和一整天的期待一下子就被这句话清扫干净。换作从前，我一定会转身就走，但我现在已经对她的这种态度习以为常，所以我并没有转身离去。

我们进到屋里。

纳尼娜已经事先把门打开了。

"普鲁登丝回家了没？"玛格丽特问她。

"没有，太太。"

"去告诉她一声，让她一回家就过来。先关掉客厅里的灯，如果有人来，就说我还没有回来，今晚不会回来了。"

显然，这个女人有心事，或许是哪个不知趣的人惹她厌烦了。我简直不知道该怎么做，也不知道说些什么好。玛格丽特走向她的卧室，而我就待在原地，一动不动。

"过来吧。"她对我说。

她把帽子摘下来，脱掉天鹅绒的外套，将它们都往床上一扔，随即往火炉旁的大扶手座椅里一躺。对于这只火炉，她吩咐下人们要一直生到夏初。她一边玩弄着她的表链，一边对我说："嗳，跟我说说有什么新鲜事儿。"

"没什么新鲜事儿，不过今晚我不该过来。"

"为什么？"

"您的心情似乎不大好，您大概是讨厌我了吧。"

"我哪有讨厌您，我只是不大舒服，一整天都难过得要命，昨晚我又没睡好，所以今天头痛得很厉害。"

"那我就先走了，好让您睡觉，好不好？"

"哦，您留在这儿没问题。我想睡觉的话，您在这儿我照样能睡。"

这时，有人拉了门铃。

"谁还会来呀？"她做了一个不耐烦的动作，说道。

不一会儿，门铃又响起来了。

"看来没人去开呀，还是我自己来吧。"

果然，她边站起身边对我说："您就待在这儿。"

她穿过房间走到外面。我听到了门打开的声音，接着便静静倾听。

玛格丽特开门放进来的人走到用餐的房间就停住了，他一开口说话，我便听出了他的声音，是年轻的 N 伯爵。

"今晚，您身体如何啊？"他问。

"不怎么样。"玛格丽特回答得很生硬。

"是我打扰到您了吗？"

"大概是吧。"

"您怎么这样待我，我有什么得罪您的地方吗，亲爱的玛格丽特？"

"亲爱的朋友，您压根儿就没得罪我。我还生着病，需要好好睡觉，所以如果您现在走的话，我会很高兴。每天晚上，我回来 5 分钟，您就大驾光临了，这实在太要命了。您究竟想干吗？让我做您的情妇？我都说了上百遍了：没门儿！我烦透您了，请您另做打算吧。今天我再说一遍，也是最后一遍：我不要您！这样行了吗？再见！好了，纳妮娜回来了，她会给您照照亮儿的，晚安。"

接下来，玛格丽特一句话也没再说，也没有再听那个年轻人支支吾吾的唠叨。她回到自己的卧室，将门重重地关上。纳妮娜随后就从那扇门走了进来。

"你听好，"玛格丽特对她说，"以后要是这个蠢货再来，你就跟他说我不在家，或者干脆说我不想接待他。看到这些人总是来跟我提这样的要求，我真是受不了，他们掏钱给我就觉得跟我两讫了。假如那些要做我这样的下流营生的女人知道这是怎么回事，她们怕是更愿意去做个老妈子。可是不成啊，我们有虚荣心，经不住衣服、马车和钻石这些玩意儿的诱惑。我们信了别人的话，毕竟卖淫也得有信念，我们便一点点地出卖心灵、肉体和姿色；我们像野兽那样让人警惕，又像贱民一样被鄙视。我们周围都是些贪婪、喜欢占便宜的家伙，终有一天我们会在毁了别人又毁了自己之后，像一条狗那样死掉。"

"来吧，太太，冷静一下，"纳妮娜说，"今晚您太过激动了。"

"这件衣服我穿着难受，"玛格丽特边说边拉开了胸衣的搭扣，"拿给我一件浴袍吧。嗳，普鲁登丝呢？"

"她还没回家，不过她一到家就会有人让她来太太这儿。"

"您瞧，又是这么个主儿，"玛格丽特说着，脱去长裙，穿上了一件白色浴袍，"您瞧，又是这么个主儿，用得着我的时候就来找我，却又不愿诚心诚意地来帮帮我。她明明知道我今晚在等她的回信儿，我一直在期待着，等得急死了。可是，我敢肯定，她一定把我的事儿忘诸脑后，自顾自地快活去了。"

"或许她被谁留住了。"

"给我们端一些潘趣酒来吧。"

"您又要糟蹋自己了。"纳妮娜说。

"这样更好。再给我拿一些水果和馅饼来吧，或者一只鸡翅，什么东西都行，要快，我饿了。"

不用说，这样的场面所给我留下的印象，你猜也能猜到了，是不是？

"等一会儿，您跟我一起吃夜宵，"她对我说，"在这之前，您挑一本书看看吧，我去梳妆间待一会儿。"

她将一只树枝形状的烛台上的几支蜡烛点亮，打开靠近床脚的一扇门，走了进去。

而我，则开始考虑这个姑娘的生活状况。出于对她的怜悯，我更加爱她了。

我一边思考，一边在这个房间里大步溜达。突然，普鲁登丝走了进来。

"啊，您在这儿呀。"她对我说，"玛格丽特呢？"

"在梳妆间。"

"那我等等她。喂，您很讨她喜欢，您知道吗？"

"不知道。"

"她一点儿也没跟您透露过？"

"一点也没。"

"那您为什么会在这儿呢？"

"我来看看她。"

"大半夜的，来看看她？"

"不行吗？"

"扯吧！"

"她接待我时没什么好气。"

"她就要好声好气地接待您了。"

"真的吗？"

"我带给她一个好消息。"

"那倒不赖，那么她真的跟您聊到我了吗？"

"昨晚，倒不如说是今天早上，在您和您的朋友离开以后……对了，您那位朋友人怎么样啊？他叫 R·加斯东吧？"

"没错。"我说。回想起加斯东对我说的那些心里话，又看到普鲁登丝几乎连他的名字都想不起来了，我简直禁不住要笑出来。

"这个小伙子挺招人喜欢，他是做什么的？"

"他有 25000 法郎的年金。"

"啊，真的？！好吧，现在还是说说您的事吧。玛格丽特跟我打听您，问我您是什么人，是做什么的，还有您以前的情妇都是些什么人；总而言之，对于像您这样的人，该打听的她都打听了。我也是知无不言，最后还多说了一句，说您是个讨人喜欢的小伙子，就这些了。"

"感谢您，那现在您能跟我说说她昨天托您办的事儿吧。"

"昨天她没什么事儿托我办，只是说要把伯爵撵走。但今天有一件，我今晚来这儿就是给她回信儿的。"

话说到这儿，玛格丽特从梳妆间出来了。她娇媚地戴着一顶睡帽，上面装饰着一束黄色的缎带，内行人称其为甘蓝状缎结。

她的模样颇为动人。

她光着脚丫穿着缎布拖鞋，还擦过指甲。

"喂，"她看到普鲁登丝说道，"您见到公爵了吗？"

"当然啦！"

"他跟您说了什么？"

"他给我了。"

"多少？"

"6000法郎。"

"您拿来了吗？"

"拿来了。"

"他看起来不高兴吧？"

"没。"

"可怜的人！"

在说这句"可怜的人"时，她的语气简直无法形容。随后，玛格丽特接过6000法郎的钞票。

"正是时候，"她说，"亲爱的普鲁登丝，您需要钱吗？"

"您知道，我的孩子，再过两天就是15号，如果您能借个三四百法郎给我，就算帮了大忙了。"

"明儿上午叫人来拿吧，现在去兑钱也太晚了。"

"那可别忘喽。"

"放心吧，您要跟我们一起享用夜宵吗？"

"不了，夏尔还在家里等我呢。"

"您被他迷住了吧？"

"简直神魂颠倒啦，亲爱的！明儿见。回见，阿尔芒。"

迪韦尔诺瓦夫人离开了。

玛格丽特将她的多层置物柜打开，把钞票扔了进去。

"我可以躺下吗？"她边微笑着说，边朝着床边走过去。

"我不光允许，还巴不得您这样做呢。"

床上铺着镶有镂空花边的床罩，她把它向床脚拉了拉，然后就躺到床上去了。

"现在，"她说，"坐过来吧，到我身边，我们聊一聊吧。"

普鲁登丝说得没错，她捎来的回信儿确实让玛格丽特高兴起来了。

　　"今晚我乱发脾气，您可以原谅我吗？"她拉着我的手说。

　　"任何事我都可以原谅您。"

　　"您爱我吗？"

　　"爱疯了。"

　　"我脾气差，您还爱我吗？"

　　"不管怎样我都爱您。"

　　"您发誓！"

　　"我发誓。"我柔声对她说。

　　这时，纳妮娜走了进来。她端来了一些东西，包括几个盘子，两副刀叉，一只做熟的鸡，一瓶波尔多葡萄酒，还有一些草莓。

　　"我没告诉他们给您调潘趣酒，"纳妮娜说，"您还是喝葡萄酒的好，您说呢，先生？"

　　"是是是……"我回答说。我刚刚听了玛格丽特说的那几句话，心情仍未平复下来，正火辣辣地盯着她。

　　"好吧，"她说，"把东西都放到小桌子上吧，然后把小桌子放到我的窗前。我们自己吃就行了，不用你伺候了。你都三个晚上没睡好了，一定困得要命，睡觉去吧，我没什么需要的了。"

　　"要锁上门吗？"

　　"当然要锁！尤其要知会他们一声，明天中午以前别让任何人进来。"

🌿 第十二章

清晨5点，晨曦透过窗帘照射到屋里。玛格丽特对我说："实在抱歉，我得把您赶走了。没有办法，公爵每天早上都会来这儿。他到的时候，下人会跟他说我还没醒。他可能会一直等我起床。"

我用手捧着玛格丽特的脸，她那蓬乱的头发凌乱地披散在周围。我最后亲了亲她，问她："我们何时能再见？"

"听好，"她接着说，"壁炉上放着一把小金钥匙，您拿着它去打开这扇门，再把它拿回来，之后您就离开吧。您今天会收到我的一封信及我的指示，因为您答应过要无理由地服从于我。"

"是的，可是我现在能不能跟您讨一些东西呢？"

"讨什么？"

"给我这把钥匙吧。"

"这个东西我没给过任何人。"

"那您就把它给我吧，因为我跟您发过誓，我对您的爱与他人不同。"

"那您就拿走吧，不过我跟您说，我能让这把钥匙对您毫无用处。"

"怎么可能？"

"门里面有门闩。"

"坏蛋！"

"我让人拆掉它吧。"

"那么，您是真有点儿爱我了吧？"

"我也搞不明白是怎么了，但看起来我是真的爱上您了。您现在就走吧，我还很困呢。"

我们俩又紧紧地拥抱了一会儿，我才离去。

大街上空无一人，偌大的城市还在沉睡，处处都吹拂着清爽的和风。几个小时之后，人们的喧嚣声便会袭来。

在我看来，这座沉睡的城市仿佛只属于我自己的。以前，我总是羡慕那些幸福的人儿。如今，我在记忆里搜索着那些人的名字，可眼下我怎么也不觉得有谁会比我更幸福了。

为一个贞洁的少女所爱，率先向她解释这种神秘爱情的奥秘，这固然是一种极大的幸福，但却是世界上再简单不过的事。赢得一颗没恋爱过的心，就等于进入一座没有防备的城市。教育、责任感和家庭都是极为有力的守护者，但对于一个 16 岁的少女，任何机警的守护者都难保她不被欺骗。大自然通过她所爱的男子的声音，给了她初恋的启示。这种启示看起来越是纯洁，它的力量就越是强大。

少女越是相信美好，就越是容易失身，即便不是失身于恋人，也至少会失身于爱情。因为一旦没有了防备，她就失去了抵抗之力。虽然赢得这样一个少女的爱情也算是一场胜利，但这样的胜利对一个 25 岁的男人来说可谓唾手可得。确实，这些少女的四周戒备森严。但要将这些可爱的鸟儿禁锢在连鲜花都没有人往里抛的鸟笼里，修道院的围墙还不够高，母亲的看管还不够严，宗教戒律的影响还不够久。所以，这些姑娘是多么向往被人藏起来的世界啊！她们必然会相信这个世界是引人入胜的，必然会聆听第一次向她们倾诉爱情秘密的声音，也必然会祝福第一次为她们揭开神秘面纱的那只手。

可要真正为一个妓女所爱，那就是一场困难得多的胜利。跟男人们在一起，使得她们的灵魂已经被肉体耗尽，心灵已经被情欲灼伤，放荡的生活已经让她们全副武装。别人对她们说的话，她们已经习以为常；别人使用的手腕，她们也已经了如指掌。即便她们产生了爱情，也已经将其卖掉。

她们的爱并非出于感情，而是为了钱财。她们城府颇深，所做的防范远比一个被母亲和修道院监视的少女周密。对于那些并不在营生范围内的爱情，她们称之为逢场作戏。她们时不时会经历一些这样的爱情，只当作消遣、借口或安慰。这就好比些放高利贷的人，他们盘剥了成百上千的人，但突然有一天，他借给一个快要饿死的穷人20法郎，并告诉他无需利息，也没逼他写借条，就以为自己已经把罪孽赎清了。

再者，当上帝允许赋予一个妓女爱情的时候，对这个妓女来说，这种爱情一开始似乎是一种宽恕，但差不多总会变成一种惩罚。没有忏悔便没有宽恕。当一个女人受够了那种饱受谴责的生活，突然觉得自己被一种深刻的、真诚的、难以抗拒的爱情俘获，而她本以为自己无福消受。当她承认了这种爱情之后，她爱上的那个男子就可以主宰她的一切了！他会依仗自己这种残酷的权利告诉她："您为爱情所做的事比为金钱所做的也多不到哪去。"

此时此刻，她们根本不知道该如何表明心迹。有这样一个寓言：有个孩子总跟农夫们搞恶作剧，一直叫"救命啊，熊来啦"。有一天，熊真的要把他吃掉了，而这一次那些他经常欺骗的人再不会相信他的呼救声了。这些可怜的姑娘们，当她们认真地去爱时，也会遇到同样的情况。她们撒了太多次的谎，以至于别人不想再相信她们了。最终，她们在悔恨之中为爱情所吞噬。

由此，也有一些真正忠于爱情的、决心从良的妓女，成为典范。

不过，当一个被激发出这种救赎之爱的男子有足够宽宏的心灵去接受这份爱情而不在意过去的时候，当他忘我地去爱，最终像对方爱自己一样爱上对方的时候，他会顿时享尽尘世间所有的美好感情。在拥有这份爱情之后，他的心就再也不会爱上其他的任何人了。

在我回到家的那天早上，我并没有这样的想法。如若没有经历之后发生的那些事，我是不可能预见到这些想法的。尽管我爱着玛格丽特，但却没有产生过这样的想法。现在一切都已经过去了，这些想法便自然产生。

接下来，还是让我们回到这段恋情的第一天吧。我回到家的时候，简直欣喜如狂。想到我原本认为存在于我与玛格丽特之间的障碍已然消失，我已然拥有了她，想到我在她心里有了一定的地位，想到我口袋里放着她房间的钥匙，而且我还能使用它，我就觉得生活美满，踌躇满志。我赞美上帝，是他赐予了我这一切。

有一天，一个年轻人走在大街上，他遇到一个女人。他瞅了瞅她，转身就离开了。这个女人有她自己的快乐、悲伤和爱情，但他不认识这个女人，她的一切与他一点儿关系也没有。对她来说，他也什么都不是。如果他要跟她搭讪，她或许会像玛格丽特嘲笑我一样地嘲笑他。几周过去了，几个月过去了，几年过去了，突然之间，当他们听任各自命运的安排在自己的道路上前行时，机缘巧合让他们再次相遇。这个女人爱上了他，成为他的情妇。这两个年轻人从此亲密无间，形影不离。这到底是怎么回事，又是为什么呢？他们彼此相爱，就好像他们之间的爱情早已存在，而以往的事却已忘诸脑后。这着实奇怪，我们不得不承认。

而我呢，也不记得当天晚上之前我是如何生活过来的。想到第一个晚上我们俩说的话，我就畅快无比。要么是玛格丽特太会骗人，要么就是她对我有一种心血来潮的热情，而这种热情在初次亲吻时便已迸发出来。不过后来有几次，她的这种热情就像它迸发时那样遽然而熄。

我想来想去，总觉得玛格丽特没有任何理由来欺骗我的感情。此外，我还想到了女人恋爱的两种方式，二者可互为因果：她们要么是发自内心地爱人，要么是因感官需要而爱人。通常，女人找一个情人不过是为了感官上的需要，她不知不觉地了解了超越肉欲之爱的奥义，并在将来仅依靠精神之爱来生活；而一个年纪轻轻的姑娘，开始时只以为婚姻是双方纯洁感情的产物，后来才突然发现了肉欲之爱，即精神上最纯洁的感情所结出的硕果。

我想着想着就渐渐睡了过去。玛格丽特的来信将我唤醒，信上面有这样几句话：

我的命令是：今晚于歌舞剧院见，请在第三次幕间休息时来见我。

玛·戈

随后，我将信件放入抽屉锁了起来。我有时候会犯神志不清的毛病，把信收好便可以在日后疑心时拿出来做个实实在在的凭据，好判断是否确有其事。

玛格丽特没让我在白天去见她，我也不敢贸然前去。可是我真想在天黑之前就见到她，所以我就去了香榭丽舍大街。就跟昨天一样，我又在那儿看到她经过，并下了马车。

7点钟，我就来到歌舞剧院。

我还从来没这么早去过剧院。

包厢里渐渐地坐满了人，但唯独有一个包厢里空空如也，就是那个底层台前的包厢。

第三幕戏开始时，我注意到那个包厢里有开门声，玛格丽特来了。实际上，我的眼睛几乎一直在盯着那个包厢。

她赶紧走到包厢前沿，朝着正厅前座瞅。在发现我之后，她便用目光向我示意。

当天晚上她美极啦！

她是为了我才打扮得如此美丽的吗？莫非她已经爱我至此，以为她自己越是打扮得美丽，便越能令我感到幸福吗？对此，我不得而知，但如若她果真这样想，那么她已然成功，因为她一露面，所有观众便波涛汹涌般望向她，就连舞台上的演员也望着她。她一出现便令众人为之倾倒。

而我呢，身上却带着这个女人房间的钥匙。再过三四个小时，她便又将属于我了。

对于那些为了女戏子和妓女倾家荡产的人，人们纷纷表示谴责。可让我感到奇怪的是，为什么他们没为这些女人做出更加荒唐的事儿来。难道非要如我这般体验到这种生活才能了解到，只有她们在生活里让情人的各种小小的虚荣心得到满足，才能加深情人对她们的爱情——我们只能称之为"爱情"，因为找不到其他字眼儿。

随她在包厢里落座的是普鲁登丝，此外还有一个男人，在包厢后排座坐了下来，就是我认识的那位 G 伯爵。

一看到他，我就像被浇了一身冷水。

玛格丽特肯定是发现了我的情绪受到了那个男人的影响，因为她又冲着我笑了笑，然后背向伯爵，好像在专心看戏。到第三次幕间休息的时候，她转身对伯爵说了几句话，他就离开了。接着，玛格丽特用手示意我过去见她。

"晚上好。"我一进门她就对我说，同时把手伸给了我。

"晚上好。"我对玛格丽特和普鲁登丝说。

"请坐吧。"

"那我不就占了别人的位子了，G 伯爵还回来吗？"

"他来的，我让他买蜜饯去了，这样我们便能单独聊会儿，迪韦尔诺瓦夫人不是外人。"

"没错，我的宝贝们，"迪韦尔诺瓦夫人说，"放心吧，守口如瓶。"

"您今晚是怎么啦？"玛格丽特站起身来，走进包厢避光处将我搂住，在我额头上亲了一下。

"我有些不太舒服。"

"您最好去睡一会儿。"她继续说道。她那活泼可爱又有点儿调皮的表情，倒是跟她那娇小的脑袋十分相配。

"到哪儿去睡呢？"

"您自个儿家呀！"

"您清楚得很，在自己家里我睡不着。"

"那您也不该因为看到一个男人在我包厢里，就来朝我摆脸子呀。"

"不是这样的。"

"就是这样，我一看便知，是您的错儿。咱们还是别聊这些了。戏散场之后，你先去普鲁登丝家吧，一直等到我叫您，您听清楚了吗？"

"听清楚了。"

我难道还能不听从吗？

"您还爱我吗？"她问。

"还用问吗？"

"您想我了没？"

"想了一整天了。"

"我真担心自己真的爱上您了，您懂吗？听普鲁登丝怎么说吧。"

"啊，"那个女胖子回答说，"那可就烦死人了。"

"现在，您回自己的位子吧，伯爵就要来了，没必要让他在这儿看到您。"

"为什么？"

"因为您见到他心里不畅快。"

"怎么会，不过，如果您早说今晚想到这儿来，我也会像他一样给您送来这个包厢的票。"

"不巧的是，我没张口他就给我送来了，还说要陪着我来。您很清楚，我是没权利拒绝的。我所能办到的，就是写信告诉您我在哪儿，好让您能够见到我，因为我也很希望早一点儿见到您。既然您这般对待我，我就要长长记性了。"

"是我的错儿，请原谅我吧。"

"好极了，那就乖乖回您的位子吧，不要再吃醋了。"

她又亲吻了我一下，我便出来了。

在走廊里，我碰到了返回包厢的伯爵。

我返回到自己的位子上。

事实上，G伯爵出现在玛格丽特的包厢里再平常不过了。他曾经是她的情人，送来一张包厢票给她，陪着她来看看戏，这一切全都是极为自然的事。既然拥有一个玛格丽特这样的姑娘做情妇，我自然就该迁就她的生活习惯。

当天晚上其余的时间，我也没能更好受些。在剧院的门口，我看到普鲁登丝、伯爵和玛格丽特登上了等待他们的四轮马车，之后我也闷闷不乐地离开了。

不过，刚过了一刻钟，我就来到了普鲁登丝家，她也恰好回来了。

❧ 第十三章

"您跟我们差不离，来得也挺快啊！"普鲁登丝对我说。

"是。"我想都没想便回答她说，"玛格丽特在哪儿？"

"在她家呢。"

"一个人吗？"

"还有 G 伯爵。"

我在她客厅里迈着大步走来走去。

"嗳，您这是怎么啦？"

"您是不是觉得，我在这儿等着 G 伯爵从玛格丽特家离开很有趣？"

"您可真不可理喻。你要明白，玛格丽特不能把伯爵拒之门外。G 伯爵已经跟她交往多时，给了她很多很多钱，现在还在给呢。玛格丽特一年要花费十多万法郎，已欠了很多债。只要她张嘴，公爵什么要求都会答应她，但她又没胆子让公爵负担所有的开销。而伯爵呢，一年起码能给她大概 10000 法郎，她不能得罪他。玛格丽特十分爱您，亲爱的朋友，但对于你们俩的关系，为了你们各自的利益，您最好不要看得太过认真。您给她的那七八千法郎，根本不够这个姑娘挥霍的，连修她的马车都不够。你该恰如其分地对待玛格丽特这么一个聪明又美丽的好姑娘，做她一两个月的情人，给她送些鲜花、蜜饯和包厢票，就不必再操心其他的事儿啦！别再跟她搞一些争风吃醋的可笑把戏了。您清楚得很，自己是在跟谁交往，玛格丽特可不是什么贞洁女子。你们俩都很喜欢对方，其他的事情就随它去吧。我觉得您这样多愁善感真是可爱！全巴黎最讨人喜欢的女人给您做情妇，她穿金戴银，在奢华的宅子里接待您，而且只要您愿意，她可以不让您花费一分一毫，而您呢，竟然还不乐意。真是见鬼啦！您的要求也太过分了吧！"

"您说得没错，可我控制不了自己。一想到那个人是她的情人，我心里就难过。"

"不过呢，"普鲁登丝继续说道，"那也得先看看她当不当他是情人。只不过还用得着他，仅此而已。"

"这两天，玛格丽特都将他拒之门外。今早他又来了，她别无他法，只能接受了他的包厢票，并让他陪着去看戏。接着，他又送她回家，到她家中小坐。既然您还等在这儿，他不会待太久。我觉得这一切都再平常不过了。再说，您不是也容忍了公爵吗？"

"没错，可公爵是个老头儿，我敢保证玛格丽特并非他的情妇。再说了，人们通常也就只能容忍一个这样的关系，不可能容忍两个。行这样的方便活像一个圈套，对此表示默许的男人，就算是为了爱情，也像是下层社会里用这种默许的方式赚钱的人。"

"唉，亲爱的，您真是太老脑筋啦！我见过太多高贵至极、英俊至极、富有至极的人，他们所做的就是我劝您去做的事。何况，做这事儿也费不着什么劲儿，用不着害臊，也无须有愧！这种事儿多了去了。巴黎的妓女如果不同时拥有三四个情人，您让她们如何维持自己的排场。像玛格丽特那么大的开销，没有哪个人能有一笔巨大的家产可以独力承担。在法国，每年有500000法郎的收入算得上是大财主了。可是，亲爱的朋友，别以为有了这500000法郎就能应付了。一个拥有这样一笔财富的男人，总得有所豪宅吧，还得有一些马匹、仆役、车辆，还要打猎、应酬。一般来说，这样的男人都结过婚，有孩子，玩跑马，要赌钱，还要旅游，天知道他还要做些什么！这些习惯已然根深蒂固，一旦改变，别人就会怀疑他破产了，就会有人说三道四。如此算来，一个人即便每年能获得500000法郎的收入，他一年里花在一个女人身上的钱也至多在40000到50000法郎之间，这已经不少了。这样一来，这个女人就不得不让其他情人来补上她开支的缺口。玛格丽特算是命好的了，就像天上掉馅饼似的遇到了一个有钱的老头儿。这老头儿的妻女都死了，而他那些侄子外甥也很富裕。所以，玛格丽特才得以有求必应，而无须付出什么。但即便是这么有钱的一个大富翁，一年里也最多只能给她70000法郎。而且我能断定，如果玛格丽特要求的再多些，那么尽管他家财万贯，并且也疼爱她，他也是会拒绝的。

"在巴黎，那些年收入仅有两三万法郎的年轻人，也就是那些勉强能维持自己生活圈子的年轻人，如果拥有一个像玛格丽特那样的情妇的话，他们心里清楚得很，自己给她的钱还不够付她的房租和仆役的薪资。他们才不会说自己了解这些情况，他们只会装作若无其事，然后玩够了一走了之。如果他们喜欢体面，愿意负担所有的开销，那就会像个傻子一样落得个一无所有，还会在巴黎欠下100000法郎的巨债，最终奔走非洲，客死异乡。您觉得那些女人会因此感激他们吗？压根儿不会；相反，她们会说自己为他们吃了亏，还会说在跟他们相好的时候给他们花了钱。嗳，您觉得这么做很可耻吧？但这些都是事实。您是个讨人喜欢的年轻人，我打心眼儿里喜欢您。在妓女圈里走，我已经混了20年了，我了解她们的德行，也知道该如何看待她们。所以，我不想看到您把一个漂亮姑娘的逢场作戏当真。

"还有，"普鲁登丝接着说，"倘若你们的私情被公爵发现了，他让她在您和他之间选一个，而玛格丽特因为爱您而舍弃了公爵，那么她可就得不偿失了，这是肯定的。您愿意为她做出同样的牺牲吗？就您？当您厌烦了，不再需要她的时候，您又如何来弥补她为您遭受的损失？什么都没有！您可能会把她与那个承载着她的财富和前途的世界隔绝开来，她也可能把自己最美好的岁月献给您，而您却会把她忘得干干净净。如果您是个普普通通的臭男人，那么您就会揭她的伤疤，告诉她您不过像她以往的情人那样抛弃她，让她陷入悲惨的境地；又或者您是个有良心的男人，认为自己有责任照顾她，那么您必定会为自己招来不幸。因为，对于一个年轻人来说，这样的关系是可以原谅的，但对于一个成熟的人来说就不同了。这第二次也是最后一次爱情，将会拖累您的事业，破坏您的家庭，也使您丧失奋斗的动力。所以，听我的话吧，我的朋友，您要务实些，是怎样的女人就该怎样对待。在任何方面，都不要欠一个妓女的情。"

普鲁登丝说得头头是道，合情合理，这完全出乎我的预料。我无话可说，只是觉得她说得在理，我握住她的手，对她给我的忠告表示感谢。

"行了，行了，"她对我说，"抛开这些烦人的大道理吧，亲爱的，快快乐乐地做人吧，生活是美好的，亲爱的，就看您以什么样的态度对待人生。对了，去跟您的朋友加斯东讨教讨教，我对爱情有这样的看法，也是受了他的影响。您务必要明白这些道理，否则就会成为一个不知趣的孩子。因为隔壁有个漂亮姑娘正不耐烦地等家中的客人离去，她在想您。今晚她想与您一起度过，她爱您，我非常肯定。现在您跟我一起去窗口，等着伯爵走人，他马上就要给咱们让位子啦。"

普鲁登丝推开了一扇窗，然后肩并肩地陪我倚靠在阳台上。

我望着大街上寥寥无几的行人，心中却五味杂陈。

听了普鲁登丝跟我讲的一席话，我心中乱作一团，但又不得不承认，她说得颇有道理，可我对玛格丽特的一片真情，又很难与她讲的这些道理搭上关系。所以，我时不时地唉声叹气，普鲁登丝听到后会转过头来看看我，然后耸耸肩，犹如一个医生对一个病人无能为力。

"因为感觉时间飞快，"我心想，"所以人生苦短！我认识玛格丽特才刚刚两天，昨天她才变成我的情妇，但她却已经深深烙印在我的灵魂、心灵和生命里，以至于这位 G 伯爵的来访让我痛苦至极。"

伯爵终于出来了，坐上自己的车，走远了。普鲁登丝把窗户关上了。

就在此时，玛格丽特唤我们过去了。

"快来呀，刀叉都摆好了，"她说，"咱们要吃夜宵啦。"

我一走进玛格丽特的家，她就奔向我，搂住我的脖子，用力地亲吻我。

"咱们以后还总是闹别扭吗？"她对我说。

"不，以后不会了，"普鲁登丝回答说，"我同他讲了一番道理，他答应乖乖听话啦。"

"那就太好了。"

我的眼睛不禁望向她的床，那上面丝毫未乱；而玛格丽特，她已经穿上了白色的睡衣。

大家围着桌子坐下来了。

玛格丽特娇媚、温柔而多情，她该有的都有了，所以我必须时刻提醒自己，我无权再向她要求些什么了。谁处在我的位置上都会感到无比幸福，我就像维吉尔笔下的那个牧羊人，坐拥一位天使，甚或说是一位女神赐予我的快乐。

我尽力按照普鲁登丝的劝告行事，让自己同那两个女伴一样快乐，但她们俩的快乐是自然流露的，而我却是强颜欢笑。我那无厘头的欢笑就像哭一样，而她们却以为那是真的。

吃过夜宵，就剩我跟玛格丽特俩人了。像往常一样，她走过来坐到了壁炉前的地毯上，望着炉火，满脸愁容。

她在沉思！在想什么呢？我不知道。我怀着爱恋，几乎还带着忐忑的心情望着她，因为我想到自己打算为她忍受痛苦。

"您知道我在想什么吗？"

"不知道啊。"

"我在想法子，已经想出来了。"

"什么法子？"

"眼下我还不能告诉您，但我可以告诉您结果。那就是，过一个月我就自由了，到时候我什么也不欠，我们就能一同去乡下避暑了。"

"难道您就不能透露一下用的是什么法子吗？"

"不行，只要您能如我爱您一般爱我，那就一定会成功。"

"那这个法子是您自己想出来的?"

"没错。"

"还由您单独去办?"

"烦恼我一个人来背,"玛格丽特微笑着对我说,那种微笑我一辈子都不会忘,"但好处咱们两个人共享。"

听到"好处"这个词,我的脸不禁红了。我想到了曼侬·莱斯戈和德·格里欧两个人共同把 B 先生当作冤大头①的事。

我站了起来,用略带生硬的语气说道:"亲爱的玛格丽特,请允许我只从自己想出来的办法中分享好处,也只从我亲自参与的事情上得到好处。"

"这是什么意思呢?"

"我的意思是,我十分怀疑,在这个美妙的法子里,是不是有 G 伯爵参与;而我既不对这个法子负责,也不分享它所带来的好处。"

"您太幼稚了,我还以为您是爱我的,看来是我想错了,那么好吧。"

话说到这儿,她站起身来,打开钢琴弹起了那首《邀舞》,一直弹到她总是弹不好的那一段。

不知她是喜欢弹这首曲子还是想让我想起相识那天的情景,我所能想起来的就是,一听到这首曲子,往事便在我的脑海中浮现,于是我走过去,用双手捧着她的脸亲了亲。

"您能原谅我吗?"我对她说。

---

① 小说《曼侬·莱斯戈》里的一个情节。曼侬瞒着其情人与 B 先生来往,骗取 B 先生的钱财。

"您瞧，"她对我说，"我们才认识两天，您便有些事需要我原谅了。您说过要无条件地服从我，可您食言了。"

"您让我怎么办呢，玛格丽特。我爱死您了。对于您的任何一点儿想法，我都不能不去猜疑。您刚刚跟我说的事儿让我心花怒放，可操作这件事的隐秘性却又让我难受。"

"瞧您，冷静点儿吧，"她握着我的双手，带着一种令人难以抗拒的妩媚的微笑，望着我说，"您爱我，不是吗？那么，假如就我们两个人一起在乡下过三四个月，你会觉得高兴吧。我也一样，如果只跟您两个人过几天那种清净的日子，我会觉得幸福极了。那不仅会让我觉得幸福，对我的健康也有好处。要离开巴黎这么久，我总得把自己的事情安排好。像我这样一个女人，杂七杂八的事情多得很。好了，我总算想出了个安排好一些的法子，包括我的杂事和我对您的爱，没错，就是对您的爱，别笑我，我爱您爱得发狂呀！可您呢，现在却神气十足地说起大话来了。幼稚，太幼稚了，您只要记住我爱您，别的什么都不要管。可以吗？嗯？"

"你想要做的我都应允，这您是知道的。"

"那么，在一个月内，我们就能到某个村庄去，在河边一边散步，一边喝鲜牛奶。我，玛格丽特·戈蒂埃这样说，或许对您来说很奇怪吧，我的朋友。这源自一个事实，那就是看似让我如此幸福的巴黎生活，如果不能点燃我的热情，就会让我感到无趣，于是我突然向往能让我回忆起自己童年的那种平静的生活。无论我们变成了什么样子，都会有自己的童年时代。哦，无须担心，我不会告诉您我是一个退役上校的女儿，而且我是在圣丹尼^①长大的。我是个穷困的乡下姑娘，就在 6 年前，我连自己的名字都不会写。您放心了吧，是不是？为什么您会成为我的第一个愿意分享自己所得快乐的人呢？因为我意识到，您是为了我而不是为了自己来爱我的，而其他人却只是为了他们自己来爱我。

"我以前经常去乡下，但从来没像这次一样地想去过。这种轻易便能得到的幸福，我就指望着您了，所以不要闹别扭，把它赐给我吧。你可以问问自己：她没有多少时日了，可她第一次要求我做的一件轻而易举的事我都没办，我以后会后悔吗？"

对于这样的话，我该怎么回应呢？尤其是在我正回忆着第一晚的恩爱，期待着第二晚到来的时候。

一个小时后，我已经将玛格丽特抱在怀里。那个时候，即便她让我去犯罪，我也会服从的。

早晨 6 点钟我就离开了，离开之前我对她说："今天晚上见？"

她对我一阵热吻，却没有回答我。

白天，我收到一封信，里面写着这样一些话：

亲爱的宝贝：

    我有点儿难受，医生嘱咐我休息。我今晚要早点儿睡，就不再见您了。但为了补偿您，我会在明天中午等着您。我爱您。

---

    ① 圣丹尼，巴黎北部的一个小城镇，距离巴黎市中心也就不到 10 千米，那里有荣誉勋位团的女子学校。

我心中的第一个想法就是：她在骗我！

我的额头上冒出一阵冷汗，因为我已经太爱这个女人了，以至于这种猜疑搞得我心神不宁。

然而，我本就该想到，跟玛格丽特在一起，几乎每天都有可能会遇到这种事。这种事在我和其他情妇之间也曾经频繁出现，但我对此并不十分担心。这个女人对我的生命的主宰力究竟来自哪里？

这时候我想到，既然我有钥匙，干脆就像往常一样去见她。这样一来，我便能很快就得知真相。如果我遇到一个男人，我就会抽死他。

这么想着，我就已经到了香榭丽舍大街。我在那里待了有足足四个小时。玛格丽特没有出现。晚上，我将她曾经去过的所有剧院全都转了一遍，都没有看见她。

晚上 11 点，我去了昂坦街。

玛格丽特家的窗户里没亮灯，但我还是拉响了门铃。

看门人问我要找哪一家。

"戈蒂埃小姐家。"我说。

"她还没回来。"

"我上楼去等她。"

"她家里没人。"

显然，我自己带着钥匙，可以不用管这个不让我进去的指令，但我怕这会闹出个笑话，于是我就离开了。

只是，我并没有回家。我无法离开这条街道，我的心就拴在玛格丽特的房间上。我觉得自己还需要打听一些消息，或者至少让自己的猜疑得到证实。

午夜时分，我很熟悉的一辆马车停在了昂坦街 9 号门前。

G 伯爵下了车……他将马车打发走之后，就进了屋。

那一刻，我多么希望他们能像对我一样告诉他玛格丽特不在家，多么希望他走出来；可是直到凌晨 4 点，我还等在那儿。

三周以来，饱受痛苦；然而，跟那晚的痛苦比起来，那都不算什么。

第十四章

我一回到家，就像个孩子似的哭了起来。那些至少被欺骗过一次的男人，都能明白我所遭受的痛苦。

一肚子的怒火难以抑制，于是我痛下决心：必须马上就跟这种爱情一刀两断。我急不可耐地等着天亮去订票，回到我的老家，跟我的父亲和妹妹待在一起。他们对我的爱是确定无疑的，并且他们谁也不会欺骗我。

但是，我又不想在玛格丽特还没搞清楚我为何要离开的情况下离去。只有跟他的情妇恩断义绝的男人，才会不告而别。

我在脑海里酝酿了很多封信。

我打交道的这个姑娘跟其他的妓女没什么不一样，我曾经太抬举她了，而她竟把我当成了小学生。她欺骗了我，用一个小手段侮辱了我，这再清楚不过了。我的自尊心占据了主导。我必须离开这个女人，而且不能让她因知道这种破裂让我感到痛苦而感到心满意足。以下便是我眼含愤怒和苦泪，用最优雅的字体写给她的内容。

我亲爱的玛格丽特：

我希望您昨天的病况并无大碍。昨晚 11 点，我去打听过您的消息，他们说您尚未回家。G先生就比我幸运多了，因为他在我之后不久便出现了，并且直到凌晨4点还跟您在一块儿。

请原谅我陪您度过的那段无聊的日子，但请放心，我永远也不会忘记您施舍给我的那段快乐的时光。

我本希望今天还能收到您的来信，但我现在打算回到我父亲那儿去了。

再见吧，我亲爱的玛格丽特。我希望自己以足够的财富来爱您，可是我没那么富有；您希望我以足够的贫穷来爱您，可是我又并非一无所有。所以，就让大家忘了吧，对您来说我几乎就是个无关紧要的名字，而对我来说您则是无法实现的幸福。

我将把自己从未使用的那把钥匙奉还给您。假如您经常像昨天那样不适的话，它可能对您是有用的。

您瞧，假如不狠狠地讽刺一下，我是没办法写完这封信的，这反而证明了我心中是多么爱她。

我把这封信反复读了10遍，想到它会令玛格丽特感到痛苦，我心里稍稍平复了一些。我竭力保持着这样的情绪。当我的仆人在早上8点来到我家时，我把信交给了他，以便他可以立即送去。

"我一定要等回信吗？"约瑟夫——我的仆人像所有的仆人一样被称为约瑟夫——问我。

"如果有人问你是否要回信，你就说自己也不知道，但你得等着。"

我很希望她能给我回信。

我们这些人真是可怜又软弱啊！

在我的仆人回来之前，我的心情跌宕起伏。一会儿，我想到玛格丽特如何地委身于我，我自问没有权利写给她这样一封无礼的信。她可以回答说，并非 G 先生欺骗了我，而是我欺骗了 G 先生，许多有多个情人的女人都是这样自我辩解的。一会儿，我又想起了这个姑娘的誓言。我想让自己相信，我的信还是太客气了，里面没什么字句能让一个玩弄我纯洁爱情的女人遭受足够的惩罚。后来，我又告诉自己不给她写信更好，直接在白天去她家，这样一来，我就会因为看到她流下眼泪而觉得痛快。

最后，我想知道的是她会如何回答我，并且已经准备好接受她会给我的借口。

约瑟夫回来了。

"怎么样？"我问他。

"先生，"他回答说，"夫人睡着觉呢，还没醒。不过，只要她拉铃叫人，就会有人把信交给她。如果有回信，他们会把它送来的。"

她还睡着哪！

很多次我就要叫人去把信拿回来了，但我总是告诉自己："信可能已经转交给她了，这时候我再叫人去拿，明摆着是我后悔了。"

距离收到她回信的时刻越来越近，我却越来越后悔不该写那封信。

10 点，11 点，12 点都过去了。

12 点时，我几乎要若无其事地赴约去了，可我到最后想来想去也不知道该怎么挣脱这个令人窒息的束缚。

如同那些心里有所期待的人，我迷信地认为，我只要出去一会儿，回来时就能见到回信。这是因为，人们急切等待的回信往往会在收信人外出时被送达。

我借口吃午餐到街上去了。

平时，我习惯于在街角的富瓦咖啡馆吃午餐，但今天我却没去，而情愿走过昂坦街到王宫大街去吃。每当我看到远处有女人出现，就以为是纳妮娜给我送信来了。我沿着昂坦街走到头儿，却连一个送信人也没看到。我来到王宫大街的韦利饭店，服务员伺候我吃饭，甚至可以说他把能想到的菜全端了个遍，因为我一个也不想吃。

我的眼睛不听使唤地一直凝视着墙壁上的时钟。

我返回家中，确信一回到家就能收到玛格丽特的回信。

看门人什么都没收到。我寄希望于仆人已经收到了信，但他在我出门之后就没看到任何人来过。

倘若玛格丽特要给我回信，那她一早就该写了。

于是，对于那封信里的措辞，我开始感到后悔。我本应该一声不吭，这样一来，她便有可能因感到不安而做些什么。因为她如果没看到我去赴约，就会问我为什么爽约，只有在这个时候我才能告诉她原因。此时，她除了为自己辩解别无他法。而我想要的无非就是她的辩解。我想好了，不管她用什么理由辩解，我都会相信。只要能再见到她，我怎么样都行。

我还以为她会亲自来一趟，但时间渐渐过去，她并没有登门。

玛格丽特确实与众不同，因为在收到像我刚才所写的那样的一封信时，很少会有女人一点儿反应也没有。

下午 5 点，我赶到香榭丽舍大街。

我心里想：假如遇到她，我就装出一副无所谓的模样，这样她便会相信我已经不再想她了。

在王宫大街的拐角，我看到她乘着马车经过。这次相遇太突然了，我的脸一下子就白了。我不知道她是不是看出我心里的激动；我是那么的慌张，以至于只见其车，未见其人。

我不再沿着香榭丽舍大街走来走去，而是去看了看剧院的海报。

我还有一个见到她的机会。

有部剧在王宫剧院首演，玛格丽特是肯定要去的。

我 7 点就到了剧院。

所有的包厢都坐满了，但玛格丽特却没有来。

于是，我走出了王宫剧院。歌舞剧院、杂耍剧院、喜剧歌剧院，凡是她经常去的剧院我跑了个遍。

哪里都不见她的影子。

或许是我的信令她太过伤心了，以至于她连戏都不想看了；又或许是她怕见到我，不想给我做一番解释。

如此种种，都是我在大街上走着，因虚荣心而产生的想法。突然，我遇到了加斯东，他问我去哪儿了。

"王宫剧院。"

"我刚从大歌剧院过来，"他对我说，"我以为您也在那儿呢。"

"为什么？"

"玛格丽特在那儿啊。"

"啊，她在那儿吗？"

"是啊。"

"自己吗？"

"不是，还有一个女伴。"

"没其他人吗？"

"G伯爵在她包厢里坐了会儿，不过她最后跟公爵一起离开了。我一直觉得您也会去的。我旁边有个位子，空了一晚上。我还以为那个位子是您订好的。"

"为什么玛格丽特去那儿，我就得跟着去那儿呢？"

"因为您是她的情人哪，不是吗？"

"是谁告诉您的？"

"普鲁登丝呀，我昨天遇到她了。我亲爱的，祝贺您啊，这可是一个很难搞到手的漂亮情妇哇。别让她飞喽，她会让您脸上有光的。"

加斯东这个简简单单的反应，显得我的敏感是那么的可笑。

倘若我昨天就碰到他，他也同我讲了这些话，我便肯定不会再写早上那封愚蠢的信。

我差不多立刻就想去普鲁登丝家，让她告诉玛格丽特，说我有话要说。可是，我又担心玛格丽特为了报复我而拒绝接待我。于是，我又经过昂坦街回了家。

我又询问了看门人，问有没有给我的信。

没有！

躺在床上，我想：她可能是想看看我还会耍些什么花样，看看我是不是想把早上那封信收回去；不过，她如果发现我没有再写信给她，明天就会给我写信了。

那天夜里，想到自己所做的一切，我后悔莫及。我一个人待在房间里，无法入睡，心中满是烦躁和忌妒。如果当时一切顺其自然，我此时此刻恐怕正靠在玛格丽特身旁，听她讲着绵绵情话，这些话我一共才听过两次。一想到这些情话，我便两耳发热。

当时，我感到最可怕的是，理智告诉我，是我的错；事实上，无论怎么想，都不能不说玛格丽特是爱我的。首先，她打算跟我，就我们两个人一起去乡下避暑；其次，她做我的情妇不是被逼迫的。我的财产并不够她日常开销，甚至连她一时兴起的零星开支都满足不了。因此，她在我身上唯一能得到的就是真诚的感情。她的生活充斥着商业爱情，真诚的感情能让她得以休息；然而，第二天我就毁了她的希望，她两夜的恩情换来的只有我无情的嘲笑。我的行为不仅可笑，还很粗暴。但是，我并没有付过她一分钱，又有什么资格嘲笑她的生活呢？第二天我就溜之大吉，这和一个生怕别人拿账单要他付饭钱的、情场上的寄生虫有什么区别！我认识玛格丽特才不过三十六小时，做她的情人也仅仅二十四个小时，我就已经在跟她怄气了！她分出时间来爱我，我非但不高兴，还想独占她，强迫她割断和过去的所有关系，而这些关系是她未来生活的保证。我凭什么谴责她？一点理由也没有。她完全可以像那些大胆泼辣的女人一样，直截了当地告诉我说她要接待其他情人，但她没有，她写信对我说的是她不舒服。我没相信她的话，我没去昂坦街以外的巴黎各条街上散步，没有和朋友们欢度这个晚上，等到第二天在约定的时间去会她，却当起了奥赛罗 ①——窥视她的行动行为，自以为是地认为不再去看

———————

① 奥赛罗，莎士比亚四大悲剧之一《奥赛罗》中的主人公，后来常用来比喻嫉妒、多疑和凶暴的丈夫。

她是对她的惩罚。然而恰恰相反，她应该为这种分离快乐，她一定觉得我愚蠢至极，她的沉默甚至谈不上是怨我，而是瞧不起我。

那么，我是不是该送玛格丽特一样礼物，就像对妓女那样，以免让她觉得我吝啬，这样我们就两讫了。可是，我不想让我们的爱情染上铜臭味，不然，即便不是轻贱了她对我的爱情，起码也是玷污了我对她的爱情。况且，既然这爱情是如此纯洁，不容他人染指，那就更不能用一样礼物——不管这礼物是何其贵重——来回报它赐予的幸福——不管这幸福是何其短暂。

这些就是我当天夜里反反复复在想的，也是我随时准备要去告诉玛格丽特的。

直到天亮我仍未入睡，我浑身发热，整个脑袋里就只有玛格丽特。

您也明白，一定得做出个决断：要么就跟这个女人一拍两散；要么就从此别再猜疑，如果她还愿意接待我的话。

不过您也清楚，在下定决心之前总要犹豫再三。我在家里待不下去，又没胆子去玛格丽特那儿。我只能想法子离她近一些，一旦遇到，我就可以说是巧合。如此一来，我的颜面便得以保全。

已经是早上 9 点了，我匆匆忙忙地赶到普鲁登丝家中。她问我一大清早去找她干吗。

我不敢直接告诉她我去的原因，我只是告诉她，我一大清早出门是为了在开往 C 城的公共马车上订上一个座位——我的父亲居住在 C 城。

"能在这种好天气离开巴黎，"她对我说，"您可真是好福气啊。"

我瞅了瞅普鲁登丝，心想她是不是在嘲笑我。

可她脸上的表情是严肃的。

"您是要跟玛格丽特去告别吗？"她继续说，脸上还是一本正经。

"不。"

"那很好。"

"您觉得这样好不好呢？"

"当然好，既然您已经跟她一拍两散，还去看她干吗呢？"

"这么说您知道我们散伙了？"

"您的信，她拿给我看了。"

"那她跟您说了什么？"

"她跟我说：'亲爱的普鲁登丝，您那个宝贝没礼貌呀。这样的信在心里想想就罢了，哪能写出来呀。'"

"她是怎么跟您说的？"

"边笑边说，她还说：'他来我家吃了两回夜宵了，都没上门来道谢过。'"

这就是我的信和我的嫉妒所带来的后果。在爱情上，我的虚荣心受到摧残。

"昨晚她在干吗？"

"去大歌剧院了啊。"

"这我知道了，之后呢？"

"在家吃夜宵。"

"自己一个人吗？"

"我猜，是跟 G 伯爵一块儿吧。"

如此说来，我跟她的一刀两断对玛格丽特的习惯没有丝毫影响。

遇到这种情况，有人就会告诉您："再也不要去想这个不爱您的女人了。"

我挤出了点儿笑容，说："好吧，听到玛格丽特没因我而难过，我很高兴。"

"她这么做是合情合理的。您已经做了自己该做的事，您比她理智些。这个姑娘爱着您，张口闭口都是您，她可是什么蠢事都敢做的。"

"既然她爱着我，那为什么不写回信给我呀？"

"因为她现在明白了，她不该爱您。况且，这些女人有时候可以容忍别人欺骗她们的感情，但绝不允许别人伤害她们的自尊心，尤其还是一个仅仅做了她两天情人就要离开她的男人。无论这一次分手的原因是什么，都会伤害一个女人的自尊心。我对玛格丽特了解得很，她是宁死也不会给您回信的。"

"那我该怎么办？"

"到此为止，你俩彼此忘记对方，谁也别埋怨谁就是了。"

"可是，如果我写信恳求她的原谅呢？"

"千万别这么做，她很可能会原谅您的。"

我几乎要跳上前去，搂住普鲁登丝的脖子。

过了 15 分钟，我回到家中，随即便给玛格丽特写信。

有个人，

他后悔昨天写了信。

假使得不到您的宽恕，

他明天即将离开巴黎。

他想知道，

何时才能匍匐在您脚下，

倾诉他的悔恨。

何时您愿单独见他？

因为您懂的，

忏悔的时候，

是不能有他人在场的。

　　我将这篇用散文写的情诗叠了起来，叫约瑟夫赶紧送去。约瑟夫把信交给了玛格丽特本人，她捎话回来说过会儿便会写回信。

　　我除了在吃饭的时候出去了一会儿，其他时候都待在家里。直到晚上 11 点，我仍未收到玛格丽特的回信。

　　我觉得自己不能再如此痛苦下去了，于是下定决心明天起程。

　　由于下了这样的决心，我很清楚，即便在床上躺着，我也是无法入眠的，于是我便开始收拾行李。

🌿第十五章

　　我和约瑟夫一起准备行李，忙了将近一个小时。突然，有人用力地拉我家的门铃。

　　"要开门吗？"约瑟夫问。

　　"开。"我嘴上对他说着，心里却在犯嘀咕：这个时间，究竟会是谁来我这儿呢？因为我不敢相信那会是玛格丽特。

　　"先生，"约瑟夫回来说，"是俩太太。"

　　"是我们，阿尔芒！"有个人高声嚷道，我听得出，那是普鲁登丝的声音。

　　我从卧室走出来。

　　普鲁登丝正站在那儿玩赏我会客室里的一些摆设，而玛格丽特正坐在沙发椅里想事情。

　　一进到会客厅，我就径直走向玛格丽特，然后跪下身来握紧她的双手，心潮澎湃地对她讲："请原谅我吧。"

　　她亲吻了一下我的额头，对我说："这已经是第三次原谅您了。"

　　"不然，我明天就要离开。"

　　"我的来访凭什么要让您改变自己的决定呢？我并不是来拦着您别走的。我到这儿来，是因为我白天没工夫给您回信，又不想让您觉得我在生您的气。普鲁登丝还拦着我不让来呢，她说我可能会打扰到您。"

"您，打扰到我？您，玛格丽特！怎么会？"

"那是自然，您家可能有个女人哪，"普鲁登丝回答说，"她若看到又来了两个，那可就有的玩了。"

在普鲁登丝高谈阔论时，玛格丽特专注地瞅着我。

"我亲爱的普鲁登丝，"我回应道，"您简直是在胡说八道。"

"您的房子布置得很美观，"普鲁登丝抢过话头儿，"我们能瞧瞧您的卧室吗？"

"可以呀。"

普鲁登丝去了我的卧室，她并不是真想瞧瞧我的卧室，而只是为了找补刚刚说的蠢话，这样一来便只留下我和玛格丽特了。

于是，我问她："您为什么把普鲁登丝带来了？"

"因为看戏的时候有她陪着，再说，我走的时候也得有个人陪着啊。"

"这儿不是有我吗？"

"没错，可是一方面我不想麻烦您，另一方面我确信您到了我家门口肯定会要求上楼去我家，而我却不能同意。我可不想因我的拒绝让您在离开我时又多了一个埋怨我的理由。"

"那您为什么不能接待我？"

"因为我备受监视，一不小心就会铸成大错。"

"仅仅是因为这个吗？"

"如果还有其他原因，我不会不告诉您，我们之间已经没什么秘密了。"

"嗳，玛格丽特，跟您说话我不想绕弯子，说实话，您到底有那么点儿爱我不？"

"爱死了。"

"那您为什么骗我呢？"

"我的朋友，如果我是位公爵夫人，拥有 200000 里弗尔^①年金，而且在做了您的情妇之后又找了个情人，那么您或许有理由来问我为什么要骗您。但我是玛格丽特·戈蒂埃小姐，拥有的是 40000 法郎的债务，身无分文，且每年还有 100000 法郎的开销，所以您的问题问得没什么意义，而我回答您也是白费力气。"

"确实如此，"我将头搭在玛格丽特的膝盖上，说，"可我爱您爱得发疯。"

"那么，我的朋友，您就少爱我一点儿，多了解我一点儿。您的信真叫人伤心，倘若我是自由身，我前天就不会接待伯爵了。即便接待了他，我也会像您乞求我的原谅一样来乞求您的原谅。而且，除了您，我再也不会要别的情人了。我以为自己也许能享受几个月的清闲时光，可您又不乐意，非要搞清楚我用的是什么法子。哦，天哪！我用什么法子还用问吗？我用这些法子要付出比您想象中还要大的牺牲。我本可以对您说我需要 20000 法郎，您现在正爱着我，或许能筹集到，但过后就有可能埋怨我了。我情愿不麻烦您，您不懂得我的体贴，因为这是我的一番苦心。像我们这样的女人，在稍有些良心的时候，说的话和做的事儿都带有深刻的含义，其他的女人是理解不了的。所以，我再跟您说一遍，玛格丽特·戈蒂埃所想出的不跟您伸手又能还清债务

---

① 里弗尔，法国的古代货币单位名称之一，又译作"锂"或"法镑"。最初作为货币的重量单位，相当于一磅白银。

的法子是对您的体贴，您应该默默地接受。如果我们今天才相识，那么您会因我给您的答复感到非常高兴，也就不会追问我前天做了什么事了。有时候，我不得不牺牲肉体来满足精神上的需求，但当精神上的满足也丧失了，我们便会越加痛苦了。"

我心中怀着赞赏，边听边凝望着玛格丽特。当我想到过去我曾渴望亲吻她的脚，而如今却允许我深入她思想的倾世美人，让我成为她生活中的一员，而我却仍不满足时，我不禁要问，人类的欲望到底还有没有个尽头？我如此迅速地圆了梦，却又在得寸进尺了。

"真的是这样，"她继续说道，"我们这些被命运左右的女人，总有一些稀奇古怪的愿望和难以理解的爱情。我们时不时地为不同的某一件事而委身于人。有些人为了我们败光家产却一无所获，而有些人只用一束鲜花便赢得了我们。我们想怎么样就怎么样，全凭一时高兴，这是我们仅有的消遣方式和借口。我可以发誓，相较于其他人，我委身于您是最快的。为什么呢？因为您见我咳出了血便握住了我的手，还流下了眼泪，那说明只有您真正地怜悯我。我得告诉您一件趣事：以前我有一只小狗，每当我咳嗽的时候，它总是哀伤地望着我。它是我唯一喜欢过的宠物。

"它死去的时候，我比自己的母亲过世时哭得还要伤心。我确确实实被自己的母亲打骂了12年。就因为这样，我一下子就爱上了您，就像喜欢上了我的小狗一样。如果所有的男人都清楚眼泪的价值，那他们会更加讨人喜欢，而且我们也就不会如此挥霍他们的金钱啦。

"您的信透露了您的真实情况，它让我知道您心里并不理解我。就我对您的爱来说，这封信给我带来的伤害要大过您对我所能做的一切事。如果这是嫉妒造成的，倒也没错；但是这样的嫉妒是很可笑的，也是很没道理的。在我收到这封信时，我已经难受极了，原本我打算中午去见见您，跟您一起吃个午饭。如果见不到您，我脑海中翻来覆去的一些想法是无法抹去的。而在认识您之前，这样的事我压根儿就不在乎。

"还有，"玛格丽特接着说，"我也相信，只有在你面前，我才能推心置腹，畅所欲言。那些围着像我这样的姑娘团团转的人，都喜欢探究这些姑娘的一言一语，想在她们不经意的行为里找出些意义来。我们当然没什么朋友啦，有的只是些自私自利的情人。他们总说是在为我们挥霍钱财，其实那是为了他们自己的虚荣心。

"当这些人高兴的时候，我们不得不快乐起来；当这些人吃夜宵的时候，我们不得不铆足精神；当这些人疑神疑鬼的时候，我们也要跟他们一样。像我们这样的人，就不能有什么良心，不然就会被嘲笑咒骂，甚至被诋毁。

"我们已经不再是人，完全是行尸走肉。想要满足自尊心的时候，他们首先想到我们，但他们又觉得我们什么都不是。我们也有些女性朋友，但都是像普鲁登丝那样的朋友。她们也曾是妓女，大手大脚惯了，如今人老珠黄，做不了了，于是她们就成了我们的朋友，倒不如说成了我们的食客。她们的友情可供驱使，但从来也到不了不求酬劳的地步。她们总是给我们出一些赚钱的点子。只要她们能由此得到一些衣服和首饰，能时不时乘坐我们的车子逛一逛，能坐在我们的包厢里看看戏，我们即便有十几个情人，她们也无所谓。她们带走了我们前一天使用过的花束，还借我们的开司米披肩去穿。即便只是小事一桩，她们也会要求我们多给酬劳，不然她们便不会为我们效劳。那天晚上你不是也亲眼看到了吗？普鲁登丝给我带去了6000法郎，那是我请她替我从公爵那儿讨来的。她跟我借走了500法郎，这钱她是不会再还给我了，或者还给我几顶帽子，而这些帽子不会花费她们一分钱。

"所以，我们，倒不如说是我，得到幸福的唯一方法就是找一个地位高的男人。像我这样一个多愁善感、饱受病痛折磨的苦命的人儿，获得幸福的唯一方法就是找个超出世俗而不过问我生活的男人，他这个情人要重感情而轻肉欲。我之前找到了这么个人，他就是公爵，但他年纪大了，既不能给我安全感，也无法给我安慰。我原本觉得自己可以接受他给我安排好的生活，但您叫我怎么办呢？我简直烦透了。假如一个人注定要饱受煎熬而亡，那么她跳进火里被烧死和被煤气毒死没什么两样！

"就在那个时候，我遇到了您，您年纪轻轻、热情奔放、乐观开朗，我希望把您变成我在表面充实、实则空虚的生活中寻觅的人儿。在您这里，我爱的并非您现在的模样，而是将来你要变成的模样。如果您拒绝接受这个角色，觉得这个角色并不适合您，那么您也只不过是个普普通通的情人。那您就像其他人一样，付给我钱吧，别再说这些事了。"

表述完这段长篇表白之后，玛格丽特累得不行了。她倚靠在沙发椅的靠背上，把手绢按在了嘴唇上，甚至连眼睛都蒙住了，为的是压住那阵因虚弱而产生的咳嗽。

"原谅我吧，原谅我吧，"我低声说，"所有的一切我自己都已经想明白了，但我还是想听您说出来。我最最亲爱的玛格丽特，我们就记住一件事，其他的都让它去吧。那就是我们永远不分开，我们还年轻，我们要相亲相爱。

"玛格丽特，你想把我怎么样都可以，我要做您的奴隶，您的小狗；但看在老天的分上，撕掉我给您写的那封信吧，明天别让我离去，不然我会死掉的。"

玛格丽特从胸前的衣服里拿出了我写给她的那封信，并递还给了我。接着，她带着一种无法形容的微笑说道："瞧，我把信给您带来了。"

我把信撕掉了，眼含泪水地亲吻着她伸向我的手。

这时，普鲁登丝又回来了。

"您说说，普鲁登丝，您晓得他要求我什么？"玛格丽特说。

"他要您原谅他。"

"没错。"

"您原谅他了吗？"

"那当然，不过他还有个要求。"

"什么？"

"他想跟我们一起吃夜宵。"

"您答应了吗？"

"您觉得呢？"

"我看呀，你们俩都是孩子呢，幼稚得很，可我现在肚子已经饿得不行了，你们俩早一点儿讲好了，咱们就能早一点儿吃夜宵了。"

"走，"玛格丽特说，"咱们仨一块儿坐我的车子去就行了。喂，"她转过身来对我说，"纳妮娜快要睡了，您带着我的钥匙去开门吧，但注意别再丢了啊。"

我把玛格丽特抱得紧紧的，她几乎要窒息了。

就在这时候，约瑟夫走了进来。

"先生，"他得意地说，"行李绑好了。"

"都绑好了？"

"都绑好了，先生。"

"那么，就解开吧，我不走了。"

第十六章

阿尔芒接着对我说:"我原本可以简单扼要地向您介绍我们在一起的原因,但我想让您了解是经历了哪些事情和曲折,我才事事都服从于玛格丽特,而玛格丽特才将我视为她生活里不可缺少的伴侣的。"

在玛格丽特来我家那晚的第二天,我送给了她一本《曼侬·莱斯戈》。

自此,由于我无法改变我那情妇的生活,就只好改变自己的生活。首要的问题就是,我不让自己有时间去考虑才接受不久的这个角色,因为一想到这事儿,我总是不由得非常难受。我以往的生活向来是清闲安静的,但现在突然变得一团糟了。不要以为一个不为钱财的妓女的爱情会为您省下多少钱。她有那么多的嗜好,比如花束、包厢、夜宵、郊游。对一个情妇来说,这些要求绝不能拒绝,而且都是相当费钱的。

我跟您说过,我一点儿财产也没有。从过去到现在,我的父亲一直是 C 城的总税务官。他为人正直,名声非常好,所以他才借到了担任这个职位所需的保证金。这个职位每年能带给他40000 法郎的收入。10 年来,他已经把保证金还上了,还帮我妹妹攒好了嫁妆。我的父亲是个十分值得尊敬的人。我的母亲过世后，留下了一笔 6000 法郎的年金。在他找到了自己梦寐以求的职务的那天，他就把这笔钱平分给我和我的妹妹了。再后来，在我 21 岁那一年，父亲在我微薄收入的基础上又给了我一笔每年 5000 法郎的津贴，这样我每年便有了 8000 法郎的收入。他跟我说，除了这笔年金，如果我能找一份司法或医务相关的工作，那么我在巴黎的日子就能过得有滋有味了。于是，我来到巴黎并攻读了法律，获得了律师的资格。我像很多其他的年轻人一样，把文凭在口袋里一揣，让自己稍稍过几天巴黎那种懒散自在的日子。我过得十分节俭，但一年的收入也只够我八个月的开销。天气热的四个月我住在父亲家，这样算下来我相当于一年有 12000 法郎的收入，没有一点儿债务，还赢得了孝子的名声。

我认识玛格丽特的时候便是这般景况。

您懂的，玛格丽特是相当任性的，于是我的日常开销自然就增加了。有些女人把自己的生活寄托在各种各样的娱乐消遣上，而且压根儿不把这些花销看在眼里。玛格丽特就是这样的一个女人。结果，她为了跟我尽量多待上一会儿，常常一早就写信给我，约我一起吃晚餐但并不是去她家吃，而是去巴黎或巴黎郊外的饭店。我接上她，一起吃饭、看戏，还常常一起吃夜宵。我一天晚上就有四五个路易的开销，如此一来我每个月就要花费 2500 到 3000 法郎。一年的收入三个多月就用完了。我不得不去借钱，否则我就得离开玛格丽特。

可是，无论什么我都能接受，就是无法接受这后一种情况。

请原谅我跟您讲了这么多烦琐的细节，但后面您就会发现，这些琐事跟以后要发生的事情是有联系的。我跟您讲述的是一个真实而简单的故事，就让它朴素的细节和简明的发展过程得以保持吧。

所以我想明白了，鉴于没有任何事物能够让我忘记自己的情妇，我不得不想个法子来应付因她而增加的花销。而且，我已经为了这份爱情走火入魔，离开玛格丽特会让我度日如年。我觉得需要搞些事情来消磨时光，要让日子过得快到让人忘记了时间的流逝。

我开始从我微薄的收入里挪用钱款，一挪就是五六千法郎——我开始赌博了。自从赌场被明令禁止以后，人们在哪里都能赌钱了。以前，人们一迈进弗拉斯卡第赌场，就拥有了发财的机会。大家以现金相赌，输的人也可以自我安慰说他们也有赢的时候。而现在呢，在俱乐部里倒还愿赌服输，换了其他的地方，如果赢的钱太多，几乎确定是无法拿到的。原因不言而喻。

赌徒通常是那些开销巨大又没足够的钱维持自己生活的年轻人。他们赌博的结果无外乎如此：他们赢了钱，那么输的人便要为他们支付马车和情妇的花销，这是很难忍受的。于是，这些人便债台高筑，赌桌上建立起来的友谊也在争吵中土崩瓦解，连生命和荣誉也难免遭受损害。如果您是个诚实的人，那么您会被那些更为诚实的年轻人搞得一分不剩，他们没什么其他过错，只不过是缺少200000里弗尔的年金收入。

那些在赌钱的时候使诈的人，我也没必要跟您多讲。他们迟早有一天会穷途末路，遭到惩罚。

我过上了这种紧张、混乱、刺激的生活，对此我以前连想都不敢想，而如今它已经成为我对玛格丽特爱情不可或缺的一部分。你叫我怎么办呢？

如果有一天晚上我不到昂坦街去，独自待在家中，我就连睡觉都做不到。我就会因嫉妒而心神错乱，难以入睡。我的思想和血液就像在燃烧，而赌博却可以将我心中这种燃烧的激情导向另一种热情。我不由自主地参与其中，一直混到去见我那情妇的时间。由此，我便意识到了自己爱情的强烈，因为无论输赢，我都会毫不犹豫地抛下赌桌，让那些依旧待在那儿的人感到遗憾。这些人是不会像我那样在离开赌桌的时候是带着幸福感的。

对很多人来说，赌博是一种需要，而对我来说它却是一服良药。

倘若我没爱上玛格丽特，我就不会参与赌博。

因此，我在赌博的时候非常冷静，只输我拿得出的钱，也只赢我输得起的钱。

还有，我的运气还不错。我一分钱也没欠别人的，但可用的钱却比没赌博之前多了三倍。这样的生活让我可以轻松满足玛格丽特各种各样的任性要求，但要维持下去却很难。就玛格丽特而言，她一直爱我如初，甚至比之前更加爱我了。

我刚刚已经告诉过您，一开始她只是在午夜12点到第二天早上6点这段时间接待我，接下来她同意我经常去她的包厢，后来时不时还跟我一起用晚餐。有一天早上，我直到8点才离她而去，还有一天，我直接到中午才离开。

在我期待着玛格丽特思想上的改变时，她的身体已经有了变化。我曾想办法为她治病，她也猜出了我的想法。这个可怜的姑娘为了表示感谢便听从了我的劝告。我没费什么力气就让她改掉了几乎所有的老习惯。我让她去见的那位医生告诉我，她要想恢复健康就必须注意休息并保持安静。于是，我针对她的夜宵习惯制定了一项合理饮食的制度，还规定了她的睡眠时间。玛格丽特不自觉地习惯了这种新的生活方式，她自已也觉得这样做于她的健康有好处。有那么几个晚上，她开始不再外出，或者赶上好天气，她就披上开司米的披肩，戴上面纱，跟我一起在香榭丽舍大街的阴凉处漫步，我们就好像两个孩子。她回到家的时候有些累，多少吃点儿点心，弹奏一会儿钢琴或看会儿书，之后就睡觉了。这样的事在以前她是从来也没做过的。她以前那种每次听到都让我觉得难受的咳嗽声几乎再也听不到了。

六周之后，我已经完全不把伯爵当回事儿了，只是还不得不对公爵继续隐瞒我们的关系。不过，我在玛格丽特那儿待着的时候，他还是经常被拒之门外，理由是夫人已经睡了，她不准其他人叫醒她。

结果玛格丽特就养成了一种习惯，那就是需要跟我待在一起，这甚至也变成了我的一种需要。也正因如此，我刚好成为一个精明的赌徒，在快要输钱的时候离开赌桌。总之，因为我总赢钱，手里已经有了大概10000法郎。对我来说，这笔钱似乎成为一笔用之不竭的财富。

通常，每年的这个时间我都会去探望父亲和妹妹，但今年我还没去，所以我总是收到他们催我回家的来信。

对于这些要我回家的来信，我都委婉而得体地做出了答复。我一直跟他们说自己身体很好，手里也宽裕。我以为这么说大概就能让父亲对我的迟迟不归感到些许安心。

其间，有一天的早上，玛格丽特被灿烂的阳光唤醒了。她从床上跳了下来，问我想不想带她到乡下去玩上一天。

我们叫人把普鲁登丝找了来。玛格丽特嘱咐纳妮娜告诉公爵，她要趁着这阳光灿烂的好天气跟迪韦尔诺瓦太太一起到乡下玩一玩。随后，我们三个人就一起出发了。

有迪韦尔诺瓦跟着，老公爵也就能放下心来。此外，普鲁登丝似乎天生就是个喜欢郊游的女人。她的兴致一整天都是那么高，还有一个来者不拒的好胃口，因此有她陪着足可以消烦解闷。此外，她还擅长购买鸡蛋、樱桃、牛奶、炸兔肉以及所有的巴黎郊游野餐必不可少的传统美味。

我们只需要搞清楚去哪儿就万事大吉了。

这个问题让我们犹豫不决，最终还是普鲁登丝帮我们解决的。

"你们是想去个名副其实的乡下吗？"她问。

"是呀。"

"那简单了，咱们一起到布吉瓦尔①，去阿尔努寡妇的曙光酒店。阿尔芒，去租辆四轮马车吧。"

过了一个半小时，我们就抵达了阿尔努寡妇的曙光酒店。

您大概也知道这个酒店，它在一周里有六天作为旅馆，星期天就成了咖啡馆。它带有一个花园，也就跟一般的二层楼似的那么高。在那上面眺望远方，风景极为优美。它的左边是一眼望不到边的马尔利引水渠，右边则是连绵不断的小山丘；还有一条银白色的小河，夹在加皮荣平原和克罗瓦西岛之间。它在这一段基本停滞不前，就像一条宽大的白色波纹缎带，向前后两端延伸而去。在它的两岸，高大的杨树在随风摆动，垂柳在喃喃低语，仿佛在哄着小河入眠。

---

① 布吉瓦尔，巴黎西部的一个美丽村庄，靠近塞纳河，风光旖旎，四季宜人。

远远的有一片红瓦白墙的小房子，还有一些工厂。在明媚阳光的照耀下，它们更增添了一层迷人的色彩。由于离得比较远，那些工厂单调的商业化特征也就看不大清楚了。

　　远远地望去，巴黎笼罩在一层云雾之下。

　　就跟普鲁登丝所说的一样，这是一个名副其实的乡村，甚至我还应该这样来表述，这里真的是"秀色可餐"。

　　我之所以这么说，并不是因为我感恩在那儿收获了快乐。布吉瓦尔，虽然它的名字不怎么好听，但毕竟是个令人满意的风景区。我游玩过的地方很多，也看到过很多壮丽的景色，但要说到优美，就没什么地方比得过这个恬静地坐落在山脚下的小乡村了。

　　阿尔努夫人建议我们乘着船去游河，玛格丽特和普鲁登丝高兴地采纳了。

　　人们常常把乡村与爱情联系到一起，这颇有道理。还有什么能比这明朗田野或寂静林间的蓝天、碧草、鲜花、微风与您所爱的女人更相配的呢？不管您多么爱一个女人，不管您多么信任她，也不管她以往的行为是否能保证未来的忠实，您多多少少都会有些忌妒的念头。如果您曾谈过恋爱，并且是认认真真地，那您一定曾想把自己想完全占有的人与世界隔绝开来。无论您所爱的女人对身边的人如何冷漠，只要她跟其他男人或事物一接触，仿佛就会丧失她的香味和完整性。在这一点上，我比其他人体会更深。我的爱情并不是一般的爱情，我恋爱时就如同一个普通人那样，但我所爱的是玛格丽特·戈蒂埃。在巴黎的大街上，我每走一步都有可能遇到她曾经的情人，还有可能是即将成为她情人的人。而在乡下，我们的周围完全全是些我们从未见过，也不在意我们的人。在这一岁一枯荣的春意盎然的大自然里，在这片远离城市喧嚣的土地上，我们能够全身心地相爱，而无须带着羞耻担惊受怕地去爱。

在这个地方，妓女的形象慢慢不见了。我身边是一个名叫玛格丽特的年轻貌美的姑娘。我爱着她，她也爱着我，以往的一切了无痕迹，未来的生活一片光明。在太阳的照耀下，我的情妇俨然成为一个最最纯洁的未婚妻。在这处诗意浪漫之境，我们成双成对地悠然漫步。走在这些地方，让人不由得想起拉马丁 [①] 的诗句以及斯库多 [②] 的曲子。玛格丽特身穿白色的长裙，在我的胳臂上斜靠着。夜里，在满是繁星的夜幕之下，她反反复复地说着她前一天跟我说过的话。在那遥远的地方，城市的生活依旧喧闹不绝，但我们的青春和爱情的快乐景象一点儿也不会受它的影响。

那一天，火辣辣的阳光透过树叶间的空隙给我带来的，就是这样的梦境。我们的游船停靠在一个孤岛边。我们仰卧在这个小岛的草地上，与世隔绝，听任思潮汹涌起伏，憧憬着未来。

我所在之处，可以望到岸边的一座小巧讨喜的三层小楼。它外侧有半圈铁栅栏。翻过这个栅栏，在小楼的前面是一块如天鹅绒一样平整的翠绿色的草地。在小楼的后面，有一片幽静得有些神秘的小树林。前一天在那片草地上踏出的小路，第二天就被新长出来的苔藓覆盖住了。

---

① 阿尔封斯·德·拉马丁（1790—1869），法国19世纪第一位浪漫派抒情诗人，为浪漫主义文学的前驱和巨擘。他的抒情诗感情真挚，音韵优美。主要作品有《新沉思集》《诗与宗教的和谐集》等。

② 斯库多（1806—1864）：法国19世纪作曲家、音乐理论家。

这所空房子的台阶上铺满了蔓生植物的花朵，一直蔓延到了二楼。

我望着这所房子，最后竟以为它属于了自己，因为它是如此符合我的梦想。在这所房子里，我看到了玛格丽特和我，我们白天就待在这座山冈上的树林里，到了晚上就坐在绿色的草地上。我心想，这个世界上难道还有比我们更加幸福的人儿吗？

"这房子真漂亮啊！"玛格丽特对我说，随着我的视线，她也已经发现了这所房子，或许也有着和我一样的想法。

"在哪儿？"普鲁登丝问道。

"那儿。"玛格丽特用手指着那所房子。

"啊！真漂亮，"普鲁登丝接着说，"您喜欢它吗？"

"喜欢极了。"

"那就跟公爵说，让他给您租下那所房子。我断定他会同意，这事儿就交给我了。如果您没意见，就让我来办吧。"

玛格丽特看着我，大概是在询问我对这个意见的看法。

随着普鲁登丝最后说的那几句话，我的梦想瞬间破灭。我猛地一下掉入现实，被摔得一阵眩晕。

"是呀，这个主意，确实妙……"我结结巴巴地说着，也搞不清楚自己在说什么。

"那一切就交给我啦，"玛格丽特顺着自己的意愿来理解我的话，她握着我的手说，"赶快去瞧瞧这所房子是不是出租的吧。"

房子还没人住，租金为 2000 法郎。

"您想来这儿吗？"她问我说。

"我非得来这儿吗？"

"我跑这儿来不是为了您还是为了谁呢？"

"行了，玛格丽特，我自己租下这所房子吧。"

"您疯了吗？这样做既没好处，还有风险。您明明知道，我只能接受那个人的安排。傻瓜，交给我吧，别再说什么了。"

"这样一来，如果我接连两天都有空，就能来这儿跟你们一同住住了。"普鲁登丝说。

我们离开了这所房子，踏上了前往巴黎的路途。在途中，我们还在谈论这个新的计划。我将玛格丽特搂在怀中，以至于等我下车的时候，我已经能稍稍静下心来考虑我那情妇的计划了。

❧第十七章

　　第二天，玛格丽特早早地就让我离开了，她告诉我公爵一大早就会过来。她答应我，等公爵一走，她就会写信通知我相会的时间和地点，就像我们每晚都做的那样。

　　果不其然，还没到晚上我就收到了这封信。

　　　　我跟公爵一块儿去布吉瓦尔了；晚上 8 点，去普鲁登丝家等我。

　　玛格丽特准时准点地回来了，并来到迪韦尔诺瓦太太家与我相会。

　　"好啦，全都安排妥当了。"她一走进来就说。

　　"房子租下来了吗？"普鲁登丝问。

　　"租下来了，我一提他就答应了。"

　　我并不认识公爵，但我为自己这样欺骗他而感到羞耻。

　　"但还没完事儿！"玛格丽特又说道。

　　"还能有什么事儿？"

　　"我在想阿尔芒住哪儿。"

　　"不是跟您住一块儿吗？"普鲁登丝笑着说。

"不是，他住在曙光酒店里，我跟公爵在那儿吃的午饭。趁着公爵醉心于风景，我偷偷问了阿尔努太太，她是叫阿尔努太太吧？我问她可有合适的房子出租，她刚好有一套，有客厅、会客厅，还有卧室。我一想，这就什么都齐备了，而且一个月只收60法郎。那房子里的摆设，即便是一个忧郁的人见了，也会高兴起来。我把这套房子租了下来，我干得漂亮吗？"

我把玛格丽特紧紧地抱在怀里。

"这简直太棒了，"她接着说，"小门上的钥匙您就带着。我说要把栅栏门的钥匙交给公爵，但他肯定不会要，因为他就算来也是在白天。实话说，我猜，对于我突然要离开巴黎一段时间的想法，他肯定高兴得很，因为这样可以堵住他家里人的嘴。不过他问我，我如此热爱巴黎，为何会决定到乡下隐居。我对他说，我身体太差，需要到乡下静养，但他好像不太相信我的话。这个可怜的老头儿常常听到有人嚼舌根儿，所以我们要小心点儿，亲爱的阿尔芒，因为公爵会叫人监视我。我不光要让他帮我租房子，还要让他帮我还债呢。我运气差得很，还欠着一些债。您觉得这么安排合适不？"

"合适。"我回答说。对于这样的安排，我始终觉得不是滋味，但我忍而不言。

"我们仔仔细细地瞧了瞧这所房子，以后咱们住在那儿一定非常满意。公爵把什么事都想到了。哦，亲爱的，"她高兴得跟疯了一样，搂住我说，"您运气真棒，有一个百万富翁帮您铺了床。"

"那您什么时候搬去那儿？"普鲁登丝问。

"尽快吧。"

"您把车马也带去吗？"

"我把家里的东西全都搬过去，我不在家时您就替我看着家。"

一周之后，玛格丽特搬到了乡下的那所房子，而我就住在曙光酒店。

自此，我们便开启了一段无法跟您描述的生活。

刚刚入住布吉瓦尔的时候，玛格丽特依旧有些老习惯。她所有的女性朋友都来拜访她。整整一个月里，每一天总有十来个人来找玛格丽特一起吃饭。普鲁登丝把跟她相识的人全带了来，还邀请她们参观这所房子，就好像它属于她。

如你所料，全部开销都是公爵买单。不过，普鲁登丝却时不时地跟我要一张 1000 法郎的钞票，还说是玛格丽特想要。您知道，我赌钱时赢了一些钱。我忙不迭地把以玛格丽特的名义向我要的钱给她，还担心自己的钱不够玛格丽特用。于是，我就去巴黎向人借了一笔钱，数目跟以前借过的相同。当然了，以前借的那笔钱早已如数还清。

结果，我手里又有了大概 10000 法郎，还有一些津贴费。

玛格丽特在招待朋友方面有所收敛，因为那需要巨大的开支，特别是因为她有时还得被迫跟我伸手。公爵将这所房子租下来让玛格丽特在此休养身体，他自己却没到这儿来过，他总担心在这里遇到一群有说有笑的客人。他不想被她们看到。曾经有一天，他准备跟玛格丽特吃晚餐，却遇到十四五个人在玛格丽特家里吃午餐。结果，直到他觉得应该吃晚餐的时候，那顿午餐还在进行。他打开饭厅的门时，一阵哄笑迎面而来，这让他觉得相当意外。在这些姑娘无所顾忌的哄笑声中，他不得不赶紧退身而出。

玛格丽特跑出来，到隔壁房间找到公爵，竭尽全力地劝慰他别把这个尴尬的场面放在心上，但老头子的自尊心已经受到伤害，心中相当恼火。他严肃地告诉这个姑娘，他不想再出钱给一个人女人糟蹋，因为这个女人在她家里都难以让他受到应有的尊重。他拂袖而去。

　　从那天开始，我们就没再听说过他的消息。后来，尽管玛格丽特已经不再待客，一改往日的习惯，可公爵还是消息全无。如此一来，我就完全占有了我的情妇，我的梦想终于成为现实。玛格丽特从此跟我形影不离，她也完全不顾及什么后果，将我们之间的关系公开了，于是我就一直待在她家里了。仆人们将我称为先生，正式视我为男主人。

　　普鲁登丝曾经极力劝阻玛格丽特，让她不要过这样的新生活。但玛格丽特说她爱我，生活里不能缺了我，不管怎样她都不会放弃这种与我朝夕相处的幸福生活。她还说，谁要是对此看不过去，完全可以别再来这儿。

　　这些话是我在玛格丽特房门外听到的。那天，普鲁登丝说有一些重要的事儿要跟玛格丽特说一说，她们俩便关上房门在房间里小声说起来。

　　过了些日子，普鲁登丝又来了。

　　她进来时我正在花园里，所以她没注意到我。我见玛格丽特迎上去的样子，就料想到这次谈话估计跟上一次性质相同。于是，我想像上次一样，再去偷听。

　　她们俩躲在一间小客厅里，而我就在门外听着。

　　“怎么样啊？”玛格丽特问。

　　“怎么样？我见到公爵了。”

"他跟您说了什么？"

"您先前的那件事，他不再追究了。可是，他已经得知您跟阿尔芒·杜瓦尔先生公开同居生活了。在这件事上，他无法原谅您。他跟我说：'只要玛格丽特跟这小子分开，那么我就像以前一样，满足她的一切要求；否则，她就没理由再跟我要什么了。'"

"您怎么回答？"

"我说我会告诉您他的决定，并且会让您想明白。亲爱的宝贝，你得想想自己失去的位置，那是阿尔芒永远也没办法给您的。阿尔芒只是专一地爱着您，但是他没钱来满足您需要的一切。总有一天，他会离开您，那时就悔之晚矣。公爵什么事儿都不再为你做了。您想不想让我去跟阿尔芒聊一聊？"

玛格丽特没做出回答，她似乎在考虑。我一直在等待她的答复，心乱跳个不停。

"不，"她继续说，"我决不离开阿尔芒，也不会再偷偷摸摸地跟他同居。或许这么做很傻，但我爱他！有什么办法呢？而且，他现在已经不顾一切地爱着我，甚至已经成为一种习惯。在一天里，哪怕跟我分开一个小时，他也会痛苦万分。况且，我也时日不多了，不想再自找苦吃，去听一个老头子的安排。只要见到他，我就会觉得自己也老了。让他把钱留给自己吧，我不要了。"

"可是您将来怎么办呢？"

"不知道。"

可能普鲁登丝还想说些什么，可是我猛地闯了进去，扑倒在玛格丽特跟前。她的手都被我的泪水打湿了，这些泪来自我听到她是如此爱我时的喜极而泣。

"我的命是您的，玛格丽特，我就在这儿呢，您不再需要那个老公爵了。难道我会离你而去吗？难道我能够报答您带给我的幸福吗？再也没什么能约束你我，我的玛格丽特，我们相亲相爱！其他事跟我们有什么关系呢？"

"嗯！没错，我爱你，我的阿尔芒！"她用胳膊把我脖子搂得紧紧的，轻声说道，"我爱你爱得简直连我都难以置信。我们会幸福的，我们要安安静静地生活，我要跟以往那种让现在的我感到害臊的生活彻底说再见。你肯定不会介意我以往的生活，对不对？"

我哭得连话都说不出来了，只能将玛格丽特紧紧拥在怀中。

"去，"她转过身去，用颤抖的声音告诉普鲁登丝，"您就把这一幕场景告诉他，再跟他说，我们用不着他。"

从那天起，公爵的问题不见了，玛格丽特再也不是我过去认识的那个姑娘了。如果有什么事会让我想起我遇到她时她所过的那样的生活，她都会尽量避免。可以说，任何一个做妻子的都无法给予她给我的那种爱，任何一个做姐妹的都无法给予她给我的那种关心。她身子弱，容易生病，多愁善感。她一改过去的习惯，不再跟朋友们往来，谈吐也不同了，也不再像以往那般大手大脚了。

人们看到我们走出屋子，乘着我买的那只精巧的小船去游河。任谁也想不到，这个身穿白色长裙，头戴大草帽，胳膊上披着一件普普通通的丝绸外套御寒的女人，就是四个月以前还因奢靡而出名的玛格丽特·戈蒂埃。

我的天！我们及时行乐，就好像已经感觉到我们的幸福日子没有多少了。

我们甚至连着两个月都没去过巴黎。没什么人来探望我们，除了普鲁登丝和我跟您提过的那个朱利·迪普拉。现在放在我这儿的那些令人心碎的日记，就是朱利代玛格丽特交给我的。

我天天都黏在我的情妇身边。我们将朝向花园的窗户推开，望着鲜花绽放的夏日景色；我们在树荫下肩并着肩，享受着这真正的生活，那是玛格丽特和我都未曾享受过的。

对于一些很简单的事情，这个女人都会像孩子一般好奇。有那么一阵子，她活像一个 10 岁的小女孩，追着蝴蝶或是蜻蜓，在花园里跑来跑去。这个妓女以往在鲜花上的花销要远远超过足以维持一个家庭悠闲度日的花销。有的时候，她就坐在草坪上，凝视着她用作名字的一朵普普通通的花朵①，甚至一看就是一个小时。

也就是在那些天，她总是读《曼侬·莱斯戈》。有好几次，我看到她在那本书上写字。而且，她还总是说，恋爱中的女人才不会像曼侬那样去做。

公爵给她写了两三封信，她看出是他的笔迹，便连看也不看就丢给了我。

有好几次，那信里的话让我都落泪了。

公爵本来以为只要掐断玛格丽特的金钱来源，她就会再次回到他身边。可是，当他发现这个法子根本没有用时，他就按捺不住了。他再三写信来，请求她像先前一样同意他回来，而且说不管什么条件他都可以应允。

---

①在法语中，"玛格丽特"有雏菊之意。

我读完这些反反复复、苦苦哀求的来信之后，便把它们都撕掉了。我没有告诉玛格丽特信里说了什么，也没劝她再去探望一下那位老人。尽管我怜悯这个可怜人的痛苦，但我生怕玛格丽特以为我是想让公爵再负担起这所房子的开销，才劝说她像之前那样接待公爵的。无论她的爱情会给我带来什么，我都要负担起她的生活，因为我最害怕的就是，她觉得我也许会逃避这个责任。

　　最后，公爵也就不再写信来了，因为他收不到回信。玛格丽特跟我依旧生活在一起，全然不顾将来如何。

✣ 第十八章

　　把我们新的生活里的点点滴滴都详细地告诉你有点儿困难。对我们来说，这样的生活就像是孩子般的嬉戏，非常有意思；可是对于听这个故事的人来说，却没什么意思。您明白爱一个女人是怎么回事，知道白天是何其短暂，而夜里又是多么如胶似漆。您也不会不知道你中有我我中有你的热烈爱情，可以让人不顾一切；在这个世界上，除了自己爱恋着的这个女人，其他一切似乎均属多余。一想到以往曾在其他女人身上花过心思，我就觉得后悔。除了自己手中攥着的手，我不觉得自己还会去拉别人的手。我心里既不去想也不去回忆，就只有一个念头，凡是可能影响这个念头的想法均被拒之脑外。每一天我都会在我的情妇身上发现一种新的魅力以及一种以前从未有过的愉悦感。

　　人生只不过是在满足不断产生的欲望，而灵魂也只不过是维系爱情之火的守灶女神①。

　　到了夜里，我们总是坐在可以将我们的房子尽收眼底的小树林里，聆听着晚上和谐悦耳的自然之声，同时两人都在想着待会儿又能够相互拥抱直到新的一天。有时候，我们一整天都赖在床

---

　　① 守灶女神，罗马灶神庙中拿着圣火日夜守伺的童贞女。

上，甚至窗帘紧闭，不见阳光。对于我们来说，外面的一切活动都暂停下来。有权打开我们房门的就只有纳妮娜，但那也只不过是为了让她给我们送些吃的。我们就在床上吃，一边吃还一边不停地嬉闹和傻笑；接下来，又小睡片刻。我们俩就像是潜入爱情之河的两个厉害的潜水员，只有需要换气时才浮出水面。

可是，有时候玛格丽特表现得颇为忧愁，有好几次还掉了泪，这让我觉得奇怪。我就问她为何突然如此哀伤，她回答道："我们之间的爱情非比寻常，我亲爱的阿尔芒。你爱我，就好像我从未失身于人。可是，我又十分害怕，怕你过不了多久便会对自己的爱情感到后悔，把我的过去当成罪恶。我怕你强迫我去重操旧业。想想我现在尝到的新生活的味道，再让我去过之前的生活，我会生不如死。告诉我，你永远都不会再离开了。"

"我发誓！"

听到我这么说，她认认真真地盯着我，仿佛要通过我的眼睛来搞清楚我的誓言是否真诚。接着，她扑进了我的怀里，把头贴在我的心口窝，对我说："你肯定不知道我是多么爱你！"

一天黄昏时分，我们一起靠在窗栏上，凝望着浮云掩映的月亮，聆听着风吹树叶的沙沙声。我们手牵着手，一声不响了好久，突然，玛格丽特开口了："冬天就要来了，咱们离开这儿吧，你说好不好？"

"到哪儿去呢？"

"意大利。"

"你是烦这儿了吗？"

"我害怕冬天，更怕再回到巴黎。"

"为什么呢？"

"有很多原因。"

她并没有跟我说她为什么害怕，却突然继续说道："你愿意离开这儿吗？我把自己的一切全都卖掉，跟你一起到那儿生活，丝毫不留我往日的痕迹。任何人都不会知道我是谁。你愿意吗？"

"玛格丽特，如果您想的话，我们马上就走，去旅行一趟。"我对她说，"但一定要变卖这些东西吗？等你回来再看到它们不是也很开心吗？我没有足够的钱来弥补你的这种牺牲，但要体面地做一次五六个月的旅行还是完全没问题的，哪怕能讨你的一丝欢心。"

"还是算了吧，"她边从窗边走开边接着说，说着就走过去坐在了房间阴暗处的长沙发椅上，"去那儿花钱有什么意思？在这儿，我已经花了你很多钱了。"

"你这是在怪我吗，玛格丽特，这可没道理啊！"

"原谅我，亲爱的，"她把手伸给我，说，"这样的暴风雨天气，让我的心情很不好。我说的并非心里话。"

她说着亲了亲我，随即又陷入了沉思。

像这样的情况出现过好多次，尽管我不知道玛格丽特为什么会产生这样一些想法，但我很确定，她是在为未来忧虑。对于我的爱情，她是不会怀疑的，因为我越加爱她了。可是，我总是看到她愁眉紧锁，她从未告诉我她因何而忧愁，只是推诿说身体不适。

我担心她厌倦了这种太过单调的生活，便劝她回巴黎转转，但她总是一口回绝，并且总是跟我说没有任何地方能比乡下让她更加快乐。

普鲁登丝不怎么来了，但是她经常写信来。玛格丽特一收到她的信就忧心忡忡，但我从来也没要看这些信，对其内容也就不得而知了。

有一天，我走进玛格丽特的房间，发现她正在写信。

"给谁写信呢？"我问。

"给普鲁登丝，要不给您念一念？"

所有看似与猜疑有关的东西我都厌恶得很，所以我告诉玛格丽特，我并不想知道她写了什么，但我敢断定，这封信能够让我搞清楚她为什么忧心忡忡。

第二天，天气好得不得了，玛格丽特说想乘船到克罗瓦西岛去玩。她好像十分高兴。我们回到家时已是下午5点。

"迪韦尔诺瓦太太来过。"一看到我们进门，纳妮娜就说。

"她走了吗？"玛格丽特问。

"走了，坐您的车子走的，她说这是约好的。"

"好得很，"玛格丽特急匆匆地说，"吩咐一下，给我们上饭。"

过了两天，普鲁登丝寄来一封信。之后的两个星期，玛格丽特不再莫名其妙地发愁了，还总是让我为此原谅她。

可是，马车从此就没有回来。

"普鲁登丝怎么也不把你的马车送回来呢？"有一天我问道。

"有一匹马生病了，车子也需要修理一下了。反正在这儿用不着坐车，趁现在没回巴黎把它修一修也不错吧。"

过了几天，普鲁登丝来探望我们，证实了玛格丽特所说的话。

两个女人在花园里溜达聊天，但当我走上前去的时候，她竟转移了话题。

普鲁登丝在晚上离开时，说天气太冷了，向玛格丽特借走了她的开司米披肩。

就这样，一个月过去了。在这期间，玛格丽特比以往任何时候都快乐，也更加爱我。

可是，马车没有再被送来，披肩也是有去无回。这些事不禁令我起疑。玛格丽特存放普鲁登丝来信的抽屉，我是知道的。趁玛格丽特待在花园的时候，我来到这个抽屉旁。我本想打开看看，但抽屉紧锁，打不开。

接下来，我便开始在她平时放首饰和钻石的抽屉里翻找。这些抽屉倒是可以打开，但那里面的首饰盒连同盒子里的东西都不见了。

顿时，我心头被一阵恐惧占据。

我想去找玛格丽特，问问她那些东西到底哪儿去了，但她必定不会对我实话实说。

"好玛格丽特，"于是我如此对她说，"我来是为了请求你允许我去一次巴黎。我的家人还不知道我在哪儿。我父亲也该来信了。他肯定会惦念我，所以我必须写信给他。"

"去吧，我的朋友，"她对我说，"但要早点儿回来。"

我去了。

我赶忙跑到普鲁登丝家中。

"喂，"我直接告诉她，"您老老实实交代，玛格丽特的马车去哪儿了？"

"卖了。"

"披肩呢？"

"也卖了。"

"钻石呢？"

"当了。"

"谁替她卖的？谁替她当的？"

"就是我。"

"为什么不跟我说？"

"玛格丽特不让我对您讲。"

"那您怎么不跟我要钱呢？"

"她不想。"

"这些钱用在哪儿了呢？"

"还债。"

"她还欠很多钱吗？"

"还有大概 30000 法郎吧。哦，亲爱的，我早就告诉过你了啊！你当初不相信我的话，现在总该相信了吧。原本由公爵作保的地毯商去找公爵，公爵却避而不见。第二天公爵就写信给那个地毯商说，戈蒂埃小姐的事与他无关了。这个卖家来讨债，只好分期支付给他。我朝您要的那几千法郎，就是给他的。后来，有些好心人提醒他说，他的债务人已经被公爵抛弃，如今正在跟个穷小子过日子。其他的债权人得知这个消息，也都来讨债，将玛格丽特的财产查封了。本来玛格丽特想把所有的东西都卖掉，但时间上赶不及，而且我也觉得她那样做不对。债是必须还的，为了不朝您要钱，她卖掉了车马和开司米披肩，当掉了首饰。您要看看买主的收据和当铺的当票吗？"

随后，普鲁登丝打开一个抽屉，将那些票据拿给我看。

"哦，您信了吧！"她振振有词地继续说道，口气里还带着几分得意，"啊，您以为只要相亲相爱就万事大吉了吗？您以为只要一起到乡下过那种梦中田园的生活就高枕无忧了吗？不可能，我的朋友，不可能。理想生活之外还有物质生活，极为单纯的决心总会被一些看似荒唐却非常牢固的铁链拴在地上。这些铁链是很难被挣断的。玛格丽特的性格与众不同，所以她从不欺骗你，但我劝她并没有错，因为我不忍心看到一个可怜的姑娘一无所有。可她听不进我的话！她告诉我说她爱您，绝不欺骗您。这真是太美好了，太浪漫了，但这些都不能用来还债呀！我再说一遍，眼下如果她没有 30000 法郎是过不了这个坎儿的。”

"好吧，这笔钱让我来付。"

"您去借吗？"

"没错，我的天呀。"

"那您可要搞出事来了。您会跟您的父亲闹翻，他会断了您的生活来源。再说了，30000 法郎也并非一两天就能筹集到的。相信我，亲爱的阿尔芒，跟您比，我太了解女人了。不要干蠢事了，你总有一天会后悔的。你得想明白，我没叫你跟玛格丽特分手，不过是要您像夏天一开始时那样跟她过日子。让她自个儿想办法过这个坎儿。慢慢地，公爵会来找她。昨天 N 伯爵还跟我说呢，说如果玛格丽特还愿意接待他，他愿意帮她还清所有的债务，而且每个月还要给她四五千法郎。他的年金可有 200000 里弗尔。对玛格丽特来说，这才算得上一个依靠，而您，您早晚会离她而去。您可别等到破产才这样做，再说了，那个 N 伯爵就是个蠢货，您完全可以继续做玛格丽特的情人。一开始，她可能会伤心几天，但过后就习惯了。你这样做的话，她总有一天会感激你的。您就把玛格丽特当作一个有夫之妇，您欺骗的是她的男人，就是这么回事。

"这些话，我早跟您说过了，那时候还只是个忠告，可现在恐怕不这么做都不行了。”

普鲁登丝所说的这些虽然让人听不进去，但确实很有道理。

“就是这么回事，”她一边对我说着，一边把刚刚给我看的票据收了起来，“身为妓女，要专心等别人来爱她们，而她们自己永远都不要去爱别人。不然的话，她们就得自己攒够钱，以便年过三旬之后能够为一个穷光蛋情人这么个奢侈品自掏腰包。要是我早知道有今天就好了，我……总之，您什么话也不要跟玛格丽特讲，直接把她带回巴黎。您和她已经一起待了四五个月了，应该知足了。睁一只眼闭一只眼，这就是您要做的。过半个月，她就会同意接待 N 伯爵。今年冬天她节俭一点儿，那么明年的夏天你们还能再过上这样的生活。事情就得这样做，亲爱的。”

普鲁登丝可能对自己的这一番劝说颇为满意，但我怒而拒绝了。

倒不仅仅是我的爱情和尊严不容许我这样做，我坚信即便是玛格丽特自己也绝不会再过以前那种人人皆可成为情人的生活。

“别瞎扯了，”我对普鲁登丝说，“玛格丽特究竟需要多少钱？”

“我都告诉过您了，大概 30000 法郎。”

“这笔钱什么时候要？”

“两个月内。”

“她会有的。”

普鲁登丝耸了耸肩。

“我会拿给您的，”我接着说，“不过您得发誓，别告诉玛格丽特这钱是我给您的。”

“放心吧。”

“如果她再让您替她卖掉或当掉什么东西，请您先来告诉我。"

　　"别担心，她已经没什么了。"

　　我先回了家，看看是不是有我父亲的来信。

　　有四封信。

🌿第十九章

在前三封信中，我的父亲因我没回他的信而感到不安，他问我是为什么。在最后一封信中，他暗示已经有人对他讲了我生活上发生的变化，并告诉我说他很快就要来巴黎了。

我一向都很尊敬我的父亲，而且对他感情真挚。

于是，我马上回信告诉他，我之所以之前没有回信，是因为去周边游玩了。我请他提前告诉我到巴黎的日期，好去接他。

我将乡下的地址告诉了我的仆人，并交代他一收到盖有 C 城邮戳的信马上就送来给我。随后，我又立刻赶回布吉瓦尔。

玛格丽特正在花园的门口等着我。

她带着颇为忧郁的眼神，一下子把我搂住，情不自禁地问我："你碰到普鲁登丝了吗？"

"没碰到。"

"那你怎么在巴黎待了这么久？"

"我收到了父亲的好几封信，我不得不给他回信啊。"

不久，纳妮娜上气不接下气地走了进来。玛格丽特站了起来，走过去跟她小声说了几句话。

纳妮娜一走，玛格丽特又坐回到我身边，握着我的手对我说："你干吗骗我呢？你去了普鲁登丝家。"

"谁告诉你的？"

"纳妮娜。"

"她怎么会知道？"

"她刚刚跟着你去的。"

"是你叫她跟踪我的吗？"

"没错。你都有四个月没离开我了，我猜想你去巴黎一定有重要的缘由。我担心你出事儿，或者去找其他女人。"

"幼稚！"

"现在我的心是放下来了。我知道你去做了什么，但我还不清楚别人对你说了什么。"

我拿出父亲的来信，给玛格丽特瞧。

"我想问的不是这个，我想弄清楚你为什么要去普鲁登丝家。"

"去瞧瞧她啊。"

"你骗人，我的朋友。"

"那么我就是去问问你的马匹好起来没有，还有你的披肩和首饰，她用完了没有。"

玛格丽特并没有回应，但她的脸唰地红了起来。

"所以，"我接着说道，"我就知道了你把自己的马匹、披肩和钻石都弄到哪儿去了。"

"那你会怨我吗？"

"我怨你为什么想要东西不来找我。"

"像你我这种关系，倘若女人家还有那么点儿自尊心，就会将一切可能的牺牲全都忍受下来，而绝不会朝她的情人伸手，不然她的爱情就无异于卖身。你爱我，我毫不怀疑。但是，你不知道那种爱如我这般女人的爱情是多么脆弱。谁能说得准呢？或许在某个窘迫或烦恼的日子里，你会觉得我们的爱情就是一桩被精心设计的买卖。普鲁登丝就是嘴巴碎。这些马我留着还能做什么？卖掉它们还能节省些开销，省下一笔饲养费。马没有了我还是照样过日子，但我只有一个要求，那就是你对我始终不渝的爱情。即便我没有马匹，没有披肩，也没有钻石，你还是会一如既往地爱我的。"

这些话说得从容洒脱，我听得却泪流涌动。

"可是，我的好玛格丽特，"我紧紧握着她的手，深情地说，"你清楚得很，你这样牺牲，我迟早是会知道的，到那时我怎么受得了。"

"为什么就受不了呢？"

"因为，亲爱的宝贝，我不想你因为爱我而牺牲自己的首饰，就算是一件也不可以。同样，我也不希望在你感到为难或厌烦的时候想到，倘若你跟其他人住在一块儿，就不会发生这样的事儿。我不希望你因为跟我在一起而感到有片刻的遗憾。过几天，你的马匹、钻石和披肩都会完璧归赵，它们之于你犹如空气之于生命，不可或缺。这或许很荒唐，但相比于生活得朴素，我更希望你生活得奢华。"

"那么说的话，你不再爱我了。"

"你疯了吧！"

"倘若你爱我，就让我也用自己的方式去爱你，否则，你就只能当我是个习惯于奢侈的姑娘，而总是觉得一定得给我钱。接受我对你的爱情表白让你感到可耻。你总会情不自禁地想到有一天你要离我而去，所以你小心谨慎，生怕引起怀疑。你没有错，我的朋友，可我原来所希望的并不仅仅是这样。"

玛格丽特动了动，想要站起身来。我一把拉住她，对她说："我希望你幸福快乐，希望你对我毫无怨言，只此而已。"

"那么我们就快分了！"

"为什么，玛格丽特？谁能分开我们呢？"我高声说。

"你，你不想让我了解你的境况，想留住我的虚荣心好来成全你的虚荣心，你想让我继续过以往那种奢侈的生活，想保持我们之间思想上的距离。你，总之，你不相信我对你的爱是无私的，不相信我愿意跟你风雨同舟。有了你这样一笔财富，我们本可以一起幸福地生活，可你偏要把自己搞得倾家荡产。你这样的成见真的是太深了。你觉得我会把你的爱情跟马车、首饰相提并论吗？你觉得我会视虚荣为幸福吗？在心中没有爱情的时候，一个人可以满足于虚荣，可一旦拥有了爱情，虚荣就变得庸俗到家了。你要替我还清债务，把自己的钱用光，最后还要来养着我！即便如此，又能维持多久呢？两个月？三个月？到那时再按我的法子来过日子就太晚了，因为到那时你不得不全部听我的，而一个体面人是不屑于这么做的。你现在每年的年金有 8000 到 10000 法郎，这些钱够我们过日子的。我将那些可有可无的东西卖掉，每年就能有 2000 里弗尔的收入。我们租下一套看起来不错的小公寓，俩人在里面一住。到了夏天，我们就到乡下玩一玩，不过别住现在这样的房子，有一间能容纳咱们俩人的小屋就够了。你毫无牵挂，我也一身轻松，我们都还年轻，看在老天的分上，阿尔芒，别再让我去过以前那种身不由己的生活了。"

我无言以对，眼睛里却已涌满了感激和深情的泪水。我扑进了玛格丽特的怀里。

"我一开始想,"她继续说,"瞒着你把一切都安排好,还清欠债,叫人布置好我的新房子。待到 10 月份,我们返回巴黎的时候,所有的事就都安排好了。不过,既然普鲁登丝已经跟你和盘托出,那你就得事前应允而不是事后承认。你能够爱我到这种程度吗?"

这样真诚的爱情是无法拒绝的。我激动地亲吻着玛格丽特的手,对她说:"我什么都依你。"

她决定下来的事情就这么说定了。

于是,她快活得像是疯了似的,为她简朴的新居所而欢呼雀跃。在哪个街区找房子,房子里怎么布置,等等,她都已经跟我商量过了。

我见她对这个主意既高兴又得意,好像如此一来,我们便可以永不分离。

我也不想白白承受她的恩情。

一瞬间,我对今后的生活下了决定。我将自己的财产进行了安排,把自母亲那儿获得的年金送给玛格丽特,这是为了弥补她所做出的牺牲,但依我看来,这笔年金是很难弥补那些牺牲的。

我将父亲给我的每年 5000 法郎的津贴留给自己,无论发生什么事,靠它来生活也就足够了。

我背着玛格丽特做了如此安排。事实上,我确信她一定不会接受赠予她的这笔钱。

这笔年金来自一所房子的抵押金。那所房子价值 60000 法郎,但我从来就没看到过。我所知道的就是每三个月我们家的一位世交,也就是我父亲的公证人,都会凭我的一张收据给我 750 法郎。

在跟玛格丽特回到巴黎找房子的那天,我找到了这个公证人，向他打听要把这笔年金转让给其他人需要办些什么手续。

这个好心人还以为我破了产，问我为什么做出这样的决定。由于我早晚都得告诉他这次转让的受益者是什么人，所以我想还是马上就如实相告的好。

无论是作为公证人还是作为一个朋友，他都可以提出异议，但他并没有提出什么不同的意见，还向我保证说一定会尽力而为。

当然，我嘱咐了他，说在我父亲面前一定要保守秘密。随后，我返回到玛格丽特身边，她正在朱利·迪普拉家里等着我。她宁愿去朱利家里，也不愿听普鲁登丝的说教。

我们开始找房子了。我们瞧过的房子，玛格丽特都觉得太贵了，可我也觉得过于简陋。不过，我们最终得到了一致的意见，决定在巴黎最为安静的一个街区租一所小房子。这所小房子是一座大房子的一部分，但它是独立出来的。

在这所小房子的背后，还附带一个漂亮的小花园。这个花园周围的围栏不太高也不太低，刚好在不碍视线的情况下将我们与邻居间隔开。

这要比我们原本想要的好。

我准备回家去把原先的房子退掉，其间，玛格丽特要去找一个经纪人。据玛格丽特说，这个人曾经给她的一个朋友办过些事，而她现在也是去找他办那些事。

她兴高采烈地回到普罗旺斯街找我。原来，这个经纪人答应帮她清理所有的债务，给她结清账单，外加 20000 法郎，作为她放弃所有家具的补偿。

您看到了吧，就出售的价格来看，这个"实在人"估计赚了他委托人 30000 多法郎。

我们又高高兴兴地回到了布吉瓦尔，接着商量将来怎么办。因为我们没什么烦恼，尤其是我们感情深厚，所以我们总觉得未来一片光明美好。

过了一周，有一天我们正在吃午餐，纳妮娜突然跑进来告诉我，说我的仆人来了。

我让他进来了。

"先生，"他告诉我，"您父亲已经来到巴黎，他让您立刻回家，他在那儿等着您呢。"

这是个再正常不过的消息了，可我跟玛格丽特听到之后，你看着我，我看着你。我们猜想恐怕要大难临头了。

因此，虽然她并没有把我们都有的这种想法说出来，我还是把手伸给她，告诉她："什么都别担心。"

"你一定要早些回来，"玛格丽特亲吻着我低声说道，"我就在窗前等着你。"

我先让约瑟夫回去告诉我的父亲，说我马上就回去。

果不其然，过了两个小时，我就到了普罗旺斯街。

第二十章

我的父亲穿着便服，正坐在我的客厅里写信。

他抬起头来看着我走进去。从那神情之中，我马上就意识到他要跟我谈的问题是多么严重。

不过，我假装没有注意到，径直走上前去抱着他亲了亲。

"您是什么时候到的，父亲？"

"昨晚。"

"您还是跟之前一样，一下车就来我这儿了吗？"

"没错。"

"请原谅我，没能去接您。"

从父亲那冷冰冰的面容上我就意识到，说完这些话之后我就要被他训斥了。可是，他什么都没说，而是封好他所写的那封信，并交给约瑟夫去寄。

这时屋子里就只剩下我们两个人，父亲站起身来，在壁炉上依靠，对我说："亲爱的阿尔芒，我有些要紧的事要跟你聊一聊。"

"我在听，父亲。"

"你愿意实话实说吗？"

"我从不撒谎。"

"你跟一个叫玛格丽特·戈蒂埃的女人住在一起，确有其事吗？"

"确有其事。"

"你清楚这是一个怎样的女人吗？"

"一名妓女。"

"是不是就是因为她，你今年才忘记来探望你的妹妹和我？"

"没错，父亲，我承认。"

"那么你很喜欢这个女人喽？"

"您看得很准，父亲，正是因为她我才未尽到一个神圣的义务，所以我今天来跟您赔罪。"

我的父亲似乎思考了一会儿，显然他并没有料到我回答得如此痛快。后来，他对我说："你不能一直这么过下去，难道你真的不清楚吗？"

"我原本这样担心过，可是父亲，我不知道为什么。"

"可是你应该清楚，"我的父亲语气稍有些生硬地继续说道，"我是不会允许你这么做的。"

"我觉得我只要不辱家风，不坏家誉，就能像现在这样生活。正因如此，我才稍稍安心些。"

爱情与亲情在进行激烈的对抗。为了维护玛格丽特，我打算对抗一切，甚至与我的父亲相抗衡。

"那么现在就是你改变一下生活的时候了。"

"啊，可是为什么呢，父亲？"

"因为你正在做一些败坏家庭声誉的事，而你也觉得应该维护这种声誉。"

"您这些话是什么意思，我不明白。"

"我这就给你解释。你有个情妇，像个时髦的人那样养个妓女，这没什么不好，也没什么可指责的。但是，为了这个女人，你把最神圣的职责都忘诸脑后。你的这些丑事一直传到了我们的家乡，简直有辱门楣，这可不行，以后不准如此。"

"父亲，请听我解释，那些跟您讲我事情的人并不了解情况。我是戈蒂埃小姐的情人，我跟她住在一起，这再正常不过了。我没有把自您那儿继承的姓氏给戈蒂埃小姐。在她身上花的钱，也完全在我收入可允许的范围内。我并没有负债呀。总而言之，我所做的完全不值得一个父亲向他的儿子说出您刚刚跟我说的那些话。"

"见儿子误入歧途，做父亲的就有责任将他拉回正道。你现在还没做什么坏事，但将来会做的。"

"父亲！"

"先生，我的人生经验总比您丰富些。唯有真正贞洁的女人才谈得上真正纯洁的爱情。是个曼侬都会遇到一个德·格里欧。如今时代和风尚全都变了，一个人若是不思进取，他就只能算是虚度光阴。你必须要离开你的情妇！"

"对不起父亲，恕我不能听您的话，这绝不可能。"

"我非要你同意不可。"

"很遗憾，父亲，放逐妓女的圣玛格丽特岛已不复存在。即使它存在，而且您也能把她送到那个地方去，我也会跟着戈蒂埃小姐一同去。您看怎么办吧。或许是我不对，但我只有在做她的情人时才感到幸福快乐。"

"啊，阿尔芒，你睁大自己的眼睛好好看看。你必须要承认，你父亲始终爱着你，一心希望您得到幸福。你就像个丈夫一样跟一个人尽可夫的姑娘住在一起，就不觉得羞耻吗？"

"只要她以后洁身自好，父亲，那又有什么关系呢？只要这个姑娘爱我，只要她因我们相爱而重获新生，总之，只要她改邪归正，那又有什么关系呢！"

"啊，先生！那你是不是觉得一个有身份的男人要做的就是让妓女改邪归正呢？莫非你相信上帝赋予人生的意义就是这么一个荒唐的使命？一个人心中就不该对其他的事情怀有热情吗？到你40岁时，这种不可思议的救治将会有什么样的结果呢？到时候，你又会对自己今天所说的话做何感想？如果这种爱情还没让你走火入魔，如果到时候你还能笑出来，那么你自己也会觉得这种爱情多么可笑。如果我曾经也跟你有一样的想法，任凭自己的一生被这类爱情冲动摆布，而不以荣誉和忠诚为重去成家立业，那你现在又是个怎样的人呢？你好好想想吧，阿尔芒，别再说这些傻话了。就这样吧，离开这个女人，你的父亲求你了。"

我无言以对。

"阿尔芒，"父亲接着说，"请看在你圣洁的母亲的分上，信我一回，摒弃这样的生活。你很快就会把这些忘得一干二净，比你想象的还要快。你看待生活的这种思想是行不通的。你都24岁了，想想自己的前途吧。你不可能一辈子爱她，而她也不可能永远爱你。你们俩过分高估了你们之间的爱情。你将把一辈子的事业断送，再往前一步就万劫不复，一辈子都会为年轻时的失足而悔恨。来吧，到你妹妹那儿去，待上一两个月。家庭的温暖和休息会很快平复你的狂热，这只不过就是一种狂热。

"在这期间，你的情妇会想明白的，她会另觅新欢，而你在发现自己差那么一点儿就为了这样一个女人跟你父亲翻脸，失去他的慈爱时，就会跟我说，我今天来找你是很有道理的，你就会对我表示感谢。

"好了，阿尔芒，你会离开她，对不对？"

我认为，对其他所有的女人来说，我父亲的话都是对的，但对玛格丽特来说，我坚信那是不对的。可是，他对我说的那最后几句话的语气是那么温柔而恳切，以至于我没胆量去回答他。

"怎么样？！"他激动地问我。

"怎么样，父亲，我无法答应您任何事，"我终于开口，"您要我做的事我办不到，您要相信我，"他有些不耐烦，我接着说，"您把这种关系带来的后果看得太过严重了。玛格丽特并非您想的那种女人。这种爱情不会让我误入歧途，相反，它会在我这儿发展成为最为崇高的感情。真正的爱情一直都催人奋进，无论引发这种爱情的女人是什么样的人。如果您了解玛格丽特，那么您就会知道，我没有丝毫危险。她同最为高贵的女人一样高贵。其他女人有多么贪婪，她就有多么无私。"

"可这却并没有妨碍她笑纳你的全部财产，因为你把自己从你母亲那儿获取的 60000 法郎都交给了她。这些钱可是你唯一的财产，你要记好我所说的话。"

我的父亲很可能是故意将这句带有威胁意味的话留到最后来说，以此作为对我的最后一击。

相较于婉言相劝，我在威胁面前会更加倔强。

"谁告诉您我要把这笔钱赠予玛格丽特的？"我接过话头。

"我的那个公证人。作为一个上流社会有教养的人，他在办这样一件事之前怎么能不知会我一声？好吧，我到巴黎来就是为了不让你因一个女人而成为一个败家子。这笔钱是你母亲临终前留给你的。她是想让你踏踏实实过日子，而不是想让你在情妇面前摆阔气。”

“我发誓，父亲，玛格丽特压根儿就不知道这件事。”

“那你干吗要这么做?”

“因为玛格丽特这个被您污蔑的姑娘，这个您逼我抛弃的姑娘，为了跟我在一起牺牲了她的一切。”

“而你接受了这样的牺牲? 那你成了什么人? 先生，你竟然同意这位玛格丽特小姐为了你做出牺牲吗? 好了，算了吧。您一定得离开这个女人。刚刚我是在请求你，现在我是在命令你。我不希望这样的丑事发生在我的家里。收拾好你的行李吧，准备跟我一起回去。”

“原谅我吧，父亲，”我说，“我不回去。”

“为什么?”

“因为我已经长大了，不必再服从您的命令。”

听到这样的回答，我父亲的脸一下子都白了。

“好得很，先生，”他又说道，“我知道自己该怎么做。”

他拉响了铃。

约瑟夫走进来了。

“把我的箱子送去巴黎旅馆。”他一边对我的仆人说，一边走进卧室去穿衣服。

他走出来的时候，我迎着他走上前去。

“父亲，”我告诉他，“别做让玛格丽特感到难过的事，您肯答应我吗?”

我的父亲站住了，轻蔑地看着我，只说了一句话：“我看你是疯了。"

　　说完他就走了，并将身后的门重重地摔上了。

　　随后，我也下了楼，乘着一辆双轮马车返回了布吉瓦尔。

　　玛格丽特正在窗前等着我呢。

🌿第二十一章

　　"终于回来了！"她边喊着边扑上来搂住了我，"你回来了，你的脸色怎么这么苍白呀！"

　　于是，我便把自己与父亲之间发生的事告诉了她。

　　"哦，我的天！我也猜到了，"她说，"约瑟夫来告诉我们说你父亲到了巴黎的时候，我浑身颤抖，感觉就好像大难临头。可怜的人儿，让你如此痛苦，都是我的错。或许你与其跟你父亲闹翻，不如离我而去。可是我根本就没碍着他呀。我们安安稳稳地生活，以后的日子还要安稳。他完全明白你需要一个情妇，他应该为我做你的情妇感到高兴，因为我是爱你的，也清楚你的境况，还不会过分地要求你。你跟他说我们未来的计划了吗？"

　　"说过了，这正是最让他生气的事，因为他在我们这个打算里发现了我们相爱的证据。"

　　"那可怎么办？"

　　"我们仍旧待在一块儿，我善良的玛格丽特，等着这暴风雨过去。"

　　"过得去吗？"

　　"肯定会过去的。"

　　"可是你的父亲会就此放手吗？"

"你觉得他会怎么做？"

"我哪能知道呢？一个父亲为了让他的儿子屈服，什么事都做得出来。为了让你抛弃我，他会重提我的旧事，或许会再给我编一些新鲜事出来。"

"你应该明白，我是爱你的。"

"我知道，但我也清楚你早晚要听你父亲的，最后你或许会被他说服。"

"不，玛格丽特，最后我会把他说服。他之所以发这么大脾气，是因为听了几个朋友说的闲话。他心地善良，为人正直，会改变想法的。再说了，说到底，这跟我又有什么关系呢！"

"不要说这样的话，阿尔芒，我愿意做任何事，但就是不愿意让其他人觉得我在怂恿你跟家里对着干。今天就这样吧，明天你就回到巴黎去。你的父亲会像你那样站在自己的角度再考虑考虑的，也许你们能很好地达成谅解。别触犯他的底线，假装对他所希望的让让步；别表现得太在乎我，他就会让事情就此过去。乐观点儿，我的朋友，无论发生什么，你的玛格丽特都是你的，对此你大可放心。"

"你能对我发誓吗？"

"这还需要对你发誓吗？"

一个心爱声音的规劝是多么温柔甜美，叫人不得不听从。整整一天，我和玛格丽特都在反反复复聊着我们的计划，好像我们已经清楚了，一定要尽快实现这一计划。我们时时刻刻都在担心发生点儿什么事。幸亏这一天终于过去了，没出现什么新情况。

第二天，我 10 点就动身了。到了中午，我来到旅馆。

我的父亲已经出门了。

我返回自己的家中，希望他或许也去了那儿。没有人去过。我又去了公证人家里，也没见到他。

我又跑回旅馆，在那儿等到了下午6点，仍没见我父亲回去。

我再次回到了布吉瓦尔。

我看到玛格丽特正坐在火炉边，而并没有像昨天那样在窗边等我。那时候，天气已经冷到需要点火炉了。

玛格丽特正在沉思。当我靠近她坐的扶手椅时，她都没有听到，甚至连头都没回。当我将嘴唇贴在她的额头上时，她抖了一下，仿佛是被这一吻给惊醒了。

"你吓了我一跳，"她对我说，"你的父亲怎么样？"

"我没看到他。我不知道这是怎么了，不管是在旅馆还是在他可能去的其他地方，我都找不到他。"

"好吧，那明天再去吧。"

"我想等着他叫人来找我。在我看来，所有该做的我都做了。"

"不，我的朋友，这样还远远不行，必须要到你父亲那儿去，特别是明天。"

"为什么不是其他时候，而非要明天去呢？"

"因为，"在听到我这样问时，玛格丽特脸上微微泛红，她说道，"因为你要求得越急，我们就被宽恕得越快。"

当天，玛格丽特始终心事重重，茫然若失。跟她说话时，我得重复两遍才能得到她的回答。她说自己忧心忡忡是因为这两天发生的事和对未来的担忧。

我一整个晚上都在安慰她。第二天，她催我赶快起程，话语里带着我难以理解的焦躁和不安。

像前一天一样，我的父亲不在，但他在出门前留了封信给我。

　　要是你今天再次来看我，等到下午 4 点。如果那时候我还没回来，那么明日就来跟我一起吃晚餐。我必须要跟你聊聊。

我一直等到了下午 4 点，父亲没有回来，我便离开了。

昨天我看玛格丽特闷闷不乐，今天却看到她似乎在发热，而且情绪非常不好。见我进门，她将我紧紧地搂住，在我怀里哭了很久。

我问她为什么突然如此伤感，可她却越加伤心，这让我惊诧万分。对此，她没给出任何说得过去的理由。她说的那些话都是女人不愿意讲真话时给出的借口。

等到她的心情稍稍平复之后，我把这次去的结果告诉了她，还把父亲的信拿给她看。我提醒她，按信上的话来看，我们可以想得乐观点儿。

看了这封信，想着我做的这些事，她越加泪流满面，以至于我不得不叫纳妮娜过来。我们担心她受了刺激，就把这个一言不发、只是哭天抹泪的可怜的人儿扶到床上让她躺下，可是她攥着我的两手不停地亲吻。

我问纳妮娜，在我出去之后，她的女雇主是否收到过信件或见过什么客人，要不她怎么会变成现在这副模样。可纳妮娜却说，没来过什么客人，也没收到过别人送来的什么东西。

但是，从昨天开始一定是发生了什么事。玛格丽特越是瞒着我，我就越是惶恐难安。

黄昏时分，她好像平静了些。她将我叫到她的床边坐下，一遍又一遍地向我倾诉着她对爱情的忠贞。随后，她对着我嫣然一笑，但那勉强得很。不管她怎么克制，她总是眼含泪水。

我绞尽脑汁想让她说出自己伤心的真正原因，但她说来说去就是那些我已经告诉过您的不挨边儿的理由。

终于，她在我的怀里睡了过去，但她这种睡法并不能让她得到休息，倒在损害她的身体。她时不时就会发出一声尖叫惊醒，等确定我还在她身边后，她便让我发誓永远爱她。

这样的折磨一直持续到了第二天早上，而我根本就搞不明白这是为什么。不久，玛格丽特就迷迷糊糊地睡了过去。已经有两个晚上了，她都没能好好睡觉。

这一次休息的时间也没多久。

大概 11 点，玛格丽特醒了。见我已经起床了，她茫然地看了看周围，大声喊道："你现在就要走了吗？"

"不是，"我握着她的两只手说，"我只是想让你多睡一会儿，时间还很早。"

"你什么时候去巴黎？"

"下午 4 点。"

"这么早吗？在去那儿之前，你会一直陪我吧？"

"那是自然，我这不一直陪着你吗？"

"太幸福啦！我们去吃午餐好不好？"她若有所思地继续说道。

"如你所愿。"

"接下来一直到你走，你都搂着我好不好？"

"没问题，而且我会尽早回来的。"

"你还会回来？"她用惊恐的眼神看着我说。

"当然啦。"

"对，今晚你还会回来的，我就跟往常一样等着你，你还爱着我，我们仍像认识以来那样幸福快乐。"

玛格丽特心中似乎有什么难言之隐，说这些话时吞吞吐吐的，以至于我始终担心她会疯掉。

"听我说，"我对她说，"你好像病了，我不能就这样抛下你。我给我的父亲写封信，告诉他别等我了。"

"不行，不行，"她突然大喊道，"别这样做，你的父亲会怨我的。他会以为在他要见你时，我不让你去他那儿。不行，不行，你必须要去，一定要去。再说，我也没生病，我身体好得很。我只是做了个噩梦，神志尚未完全清醒。"

由此刻起，玛格丽特就不再哭泣了，而是强颜欢笑。

到点了，我不得不走了。我亲吻了她一下，问她愿不愿陪着我去车站。我希望散散步能让她心里宽慰些，透透气能让她舒服些。

我非常想跟她在一块儿多待会儿。

她答应了，将大衣披上，带着纳妮娜陪我一起去了车站，这也是为了回家时能有个伴儿。

有很多次，我几乎都要决定不去了，但速去速回的想法和担心父亲对我产生不满的顾虑驱使着我去。终于，我坐上火车走了。

"晚上见。"在与玛格丽特分别时我对她说。

她并没有做出回应。

对此不做回应，她之前也有过一次。您还记得吧，就是 G 伯爵在她家过夜的那一次。但那已经太遥远了，我似乎完全没印象了。如果说有什么事是我害怕发生的，那肯定不再是玛格丽特骗我这样的事。

一到巴黎，我就径直去了普鲁登丝家，请她去看一看玛格丽特。我期盼她的热情爽朗的秉性能给玛格丽特解解闷。

我没让人通报就闯了进去，当时普鲁登丝正在梳妆间。

"啊！"她担忧地对我说，"玛格丽特跟您一块儿来了吗？"

"没。"

"她身体还行吧？"

"她有点儿不舒服。"

"那么她今天就不来了吗？"

"她非得来吗？"

迪韦尔诺瓦太太有点儿尴尬，脸都红了。她回答我说："我想说的是，既然您来了巴黎，难道她就不来这儿跟你见见吗？"

"她不过来了。"

我盯着普鲁登丝看，她的眼睛垂了下去。从她的神情能看出，她好像生怕我待着不走。

"我只是来请你去陪陪她，亲爱的普鲁登丝，倘若您闲来无事，就请您今晚去看看玛格丽特，陪陪她。您大可睡在那儿。我从来都没见过她像今天这般模样，我真担心她会病倒。"

"今晚我要在市里吃晚餐，"普鲁登丝对我说，"不能去看玛格丽特了，但明天我能去看她。"

我跟迪韦尔诺瓦太太道别，她似乎跟玛格丽特一样满是心事。我到了父亲那儿，他一见到我就把我端详了一番。

他把手伸给了我。

"你两次来看我，这让我很是高兴，阿尔芒，"他对我说，"这让我产生了希望。你可能也为我考虑过了，就像我为你考虑过那样。"

"恕我冒昧，父亲，请问您考虑的结果是什么？"

"结果就是，我的孩子，我把传闻看得过于严重了。我同意对你多些宽容。"

"您说什么，父亲？"我高兴地喊道。

"我说的是，亲爱的孩子，年轻人都该有个情妇，而且就我近来所知，我宁肯得知你的情妇是戈蒂埃小姐而不是其他人。"

"父亲您可真好！您让我太高兴了！"

就这样，我们聊了片刻，接着一块儿吃了晚餐。整个晚餐期间，我的父亲都表现得格外亲切。

我迫切地想要返回布吉瓦尔，好告诉玛格丽特这个叫人高兴的变化。我不断地望墙上的时钟。

"你在看时间，"父亲对我说，"你着急走。唉，年轻人呀，你们总是如此，拿真诚的感情去换不牢靠的爱情。"

"别这么说，父亲！玛格丽特是爱我的，我对此深信不疑。"

我的父亲并没有接话，他看起来不怀疑，可也不相信。

他坚持要求我陪他过夜，让我第二天再离开。可是我丢下的玛格丽特还病着。我把这些跟他讲了，并请求他答应我早点儿回去看她，还跟他说我第二天再来。

天气很不错，他想要一直跟我去站台。我从未如此快活过，我长久以来所追求的未来生活终于要来了。

我从未如此爱自己的父亲。

就在我将要走的时候，他最后一次让我留下来，我没有
答应。

"那么你很爱她喽？"他问我。

"爱疯了！"

"那就去吧！"他用手抹了一下额头，似乎要甩掉一个念头。
接着，他张口好像要跟我说些什么，但最终只是握了握我的手，
突然一边离我而去，一边大声对我说："好吧，明天见！"

第二十二章

我感觉火车开得慢极了，好像都没在行驶。

晚上 11 点，我到了布吉瓦尔。

那所房子的所有窗户都黑乎乎的，我拉响了门铃，却没人回应。

这样的事我还是头一回碰到。后来，总算园丁出来开了门，我走了进去。

纳妮娜提着灯走过来。我走到玛格丽特的卧室里。

"太太去哪儿了？"

"太太去巴黎了。"纳妮娜回答道。

"去巴黎了！？"

"是的，先生。"

"什么时候走的？"

"您离开后一个小时。"

"她留给我什么东西没有？"

"没有。"

纳妮娜走开了。

"她或许怀疑些什么，"我心想，"她去巴黎大概是想看看我所说的去看父亲到底是不是一个借口，而其实只是为了享受一天的自由。

"又或者是普鲁登丝，她因有要事而写信给玛格丽特，"我独自一人时想到，"可是我去巴黎时见过普鲁登丝了，从她说的话里完全听不出她曾写信给玛格丽特。"

突然，我回忆起迪韦尔诺瓦太太说的一句话。当我告诉她玛格丽特不舒服时，她问我："那么她今天不来了吗？"这句话似乎表明她们约好了，另外我还想到，在她说完这句话之后我望着她的时候，她的神情很不自然。我又想起来，玛格丽特终日以泪洗面，只是后来我父亲很殷勤地接待了我，我就把这些事忘记了。

想到这儿，这一天里发生的所有的事都跟我的第一个怀疑纠缠在一起，让我的疑心越来越重。我的怀疑被所有的一切证实，包括父亲对我的慈祥态度。

我差不多是被玛格丽特逼迫着去巴黎的。我只要提出要留下来，她就佯装平静下来。我不会是中了圈套吧？玛格丽特欺骗了我？她会不会本打算及时赶回来，避免被我发现，但由于发生了意外而被拖住了呢？为什么她不告诉纳妮娜，也不给我留封信呢？她流的泪，她的离开，这些难以捉摸的事到底是怎么回事呢？

房间里面空空荡荡的，我就一个人在这里琢磨着上面这些问题。我望着墙上的时钟，已经到了午夜。它似乎在告诉我，太晚了，想再见到我的情妇回来已经不太可能。

可是，前不久我们才对彼此未来的生活做好了打算。她做出了牺牲，我也表示接受了。莫非她真的在骗我？不。我竭尽全力抛开刚刚的那些想法。

或许这个可怜的姑娘为自己的家找到了买家，她到巴黎是为了去谈谈。她不想让我提前知道这件事，因为她清楚，虽然这笔交易直接关系到我们以后的幸福，而且我也接受了，但这毕竟会让我很难堪。她担心跟我说起这件事有伤我的自尊和感情。她宁可在办好一切之后再见我。显然，普鲁登丝就是因此在等她，却不小心在我面前露了马脚。玛格丽特估计今天还办不妥这笔交易，于是要睡在普鲁登丝家里。也有可能她一会儿就回来，因为她肯定知道我在担心，一定不会就这样把我丢在这儿。可是她为什么哭呢？不用想，无论她如何爱我，终究还是舍不得放弃那种奢华的生活呀。她已经习惯了那样生活，并且觉得开心快活，别人也都对她羡慕有加。

对于玛格丽特这种恋恋不舍的心态，我是非常理解的。我急切地等着她回来。她一旦回来，我会好好地亲吻她一番，并告诉她，我早已猜到她偷偷离开的缘由。

可是，夜已经很深了，玛格丽特还是没回来。

我越加觉得焦躁难安，心中紧张得不行。她是不是出事了！她会不会受伤了，或者生病了，或者死掉了！也许我很快就会收到一个送信人带来的噩耗。或许一整夜，我都难以摆脱这样的疑惑和忧虑。玛格丽特的不告而别让我心慌意乱，我忐忑不安地等着她。她会不会欺骗我呢？这样的想法我再也不要有了。她一定是被什么身不由己的事情拖住了，所以不能回我这儿。想来想去，我就越加相信只能是因为她出了事。啊，人的虚荣心呀，你还真是变化多端！

凌晨 1 点的钟声刚刚响过，我心中暗想，再等玛格丽特一个小时，如果她 2 点还没回来，我就动身去巴黎。

在这期间，我为了分散一下注意力，就找了一本书来看。

有一本《曼侬·莱斯戈》在桌子上翻开着，我觉得纸面上好多地方似乎被泪水打湿过。我翻看了一会儿，就把书合上了。

对我来说，书上的文字好像一点儿意思也没有，因为我忧心忡忡。

时间一分一秒地过去了，天空不知什么时候乌云密布，一阵秋雨袭来直打到窗户上。有那么一瞬间，空荡荡的床看起来就像个坟墓，让我感到害怕。

我将门推开，侧着耳朵细听，却只听到树林里嗖嗖的风声。大路上已经一辆车都没有了，只有教堂的钟声凄凉地敲着。

这个时候，我反倒害怕有人来了。在这样阴沉沉的天气里，如果有什么事情找上我的话，那绝对不是什么好事情。

2点的钟声敲过了，我犹豫了片刻，此时打破寂静气氛的只有那墙上时钟单调的嘀嗒声。

最终我离开了这间屋子。由于内心的孤独和不安，我总觉得就连这个屋子里最小的东西也笼罩着愁云。

我看到了隔壁房间里的纳妮娜，她趴在自己的活计上睡了过去。听到开门声，她惊醒过来，问我是不是女主人回来了。

"不是，但如果她回来的话，您就对她说我实在不放心她，去巴黎了。"

"这时候去吗？"

"嗯。"

"可怎么去呢？叫不到车的。"

"走着去。"

"可正在下雨啊！"

"那又怎么样呢？"

"太太会回来的，况且就算她不回来，您天亮之后再看她是因什么事被拖住了也不迟啊。你这样去会在路上遇到歹人的。"

"没事的，我亲爱的纳妮娜，明天见。"

这个忠厚的姑娘拿来了我的大衣，给我披上，并劝我去叫醒阿尔努大婶，问她能不能找到车子。不过，我并没有让她去叫，确信这样做是徒劳的，而且这样折腾一番估计浪费的时间够我赶上一半的路程了。

另外，我刚好需要新鲜的空气还有身体上的疲劳。这种身体上的疲劳能让我此时此刻过度焦灼的心情得以缓解。

我带上昂坦街那所房子的钥匙就出发了。纳妮娜一直将我送到铁栅栏的门口，我跟她道别后就走了。

最开始我一路跑，由于地上被雨水浸透了，泥泞得很，我觉得非常累。就这样跑了半个小时，我身上全都湿透了，不得不停下来。我休息了一会儿，然后继续赶路。天黑漆漆的，我每时每刻都担心撞上路边的树。这些树总是突然跑到我眼前，像极了直奔我而来的高大魔鬼。

我遇到了一两辆货车，但很快我就把它们甩到身后了。

有一辆四轮马车急速驶向布吉瓦尔方向。在它从我面前经过的一瞬间，我心中突然涌现出一个希望：玛格丽特就在马车上。

我停住脚，大喊："玛格丽特！玛格丽特！"

可是，并没有人回应。马车继续行驶着，我望着它渐渐走远，又继续赶自己的路。

我走了两个小时，来到星形广场①的栅栏门。

一看到巴黎我又来了劲儿。我沿着那条走过无数次的长长的坡道一路跑下去。

当天晚上，路上空无一人。

我好像正在一个死寂的城市散步。

天渐渐亮了起来。

在我到昂坦街的时候，这座大城市就要苏醒过来了，在蠢蠢欲动。

我迈进玛格丽特家的时候，响起了圣罗克教堂5点的钟鸣。

我以前送给过看门人好些价值20法郎的金币，所以我一报自己的名字，他就知道我可以在清晨5点到戈蒂埃小姐家里去。

于是，我就顺利进去了。

本来，我可以问问他玛格丽特在不在家，但他很可能会回答说她不在。况且，我宁可再多猜疑一会儿，因为猜疑时总还抱着一点儿希望。

我将耳朵贴在门上，想听出一些声响和动静来。

一点儿声响也没有，静得就像是乡下的那所房子。

我打开门，走了进去。

窗帘全都遮得严严实实的。

我拉开餐厅的窗帘，走向卧室，将卧室的门推开。我一步迈到窗帘绳前，用力一拉。

窗帘被拉开了，一丝曙光打了进来。我奔向卧室的床铺。

---

① 星形广场，也叫戴高乐广场，位于法国巴黎市中心。它是巴黎主要广场之一，亦是凯旋门的所在地。

床上空空如也！

我把门一扇扇地推开，将所有房间看了个遍。

空无一人。

我就要发疯了。

我跑到梳妆间里，打开窗户连声喊着普鲁登丝。

迪韦尔诺瓦太太的窗户一直都闭而不开。

于是，我跑下楼去问看门人。我问他戈蒂埃小姐昨天来过没有。

"来过，"他回答说，"跟迪韦尔诺瓦太太一块儿。"

"她没给我留什么口信吗？"

"没有。"

"她们后来做什么去了？"

"她们又乘马车离开了。"

"什么样的马车？"

"一辆个人用的四轮轿式马车。"

这一切究竟是怎么回事？

我拉了拉隔壁房子的门铃。

"您找哪一户，先生？"看门人打开门后问我。

"我要去迪韦尔诺瓦太太家。"

"她还没回来。"

"您能确定吗？"

"能，先生，这儿还有一封她的信呢，是昨天晚上送来的，我还没拿给她。"

看门人将信拿给我看，我朝信上瞧了一下。

我认得出，这是玛格丽特的笔迹。

我将信拿过来。

只见信封上写道：

　　麻烦迪韦尔诺瓦夫人转交给杜瓦尔先生。

"这封信是要给我的。"我指着信封上的字，对看门人说。

"您就是杜瓦尔先生吗？"他问我。

"没错。"

"哦，我认出来了，您常到迪韦尔诺瓦太太家里来。"

一走上街，我就把信打开了。

在读到这封信时，我比遭遇了晴天霹雳还要惊恐。

　　阿尔芒，在您看到这封信时，我已经成为他人的情妇。我们之间的所有一切都结束了。

　　回到您父亲那儿去吧，我的朋友，再去探望一下您的妹妹，她是个纯洁的姑娘，她不会了解我们这类人的苦难。在她的身旁，您不久就会忘掉那个被人叫作玛格丽特·戈蒂埃的堕落的姑娘给您带来的痛苦。这个姑娘曾享受过您的爱情，她一生中绝无仅有的幸福时光就是您带给她的。现在，她希望自己的生命早点儿结束。

在读到最后那句话时，我感觉自己就要昏过去了。

有那么一瞬间我真怕自己倒在街上。我的眼前云雾弥漫，太阳穴里的热血在腾腾地鼓动。

之后，我稍稍清醒了些，我看看周围，发现其他人对我的不幸不屑一顾，他们还是一如既往地生活。我简直觉得怪透了！

玛格丽特给我带来的打击，我一个人根本无法承受。

于是，我想到自己的父亲。他正跟我同处于一个城市，只需10分钟我就能到他身旁，而且他会帮我分担痛苦，无论这痛苦因何而生。

我一路奔跑，像个疯子，像个小偷，一直跑到了巴黎旅馆。见我父亲的房门上插着钥匙，我便打开门走了进去。

他正在看书。

见我出现在他面前，他并不怎么惊讶，似乎他刚好在等我来。

我一言未发就扑进他怀里。我拿出玛格丽特的信给他看，听任自己倒在他的床边。我涕泪交流地恸哭起来。

第二十三章

当生活再度步入正轨，我无法相信即将到来的日子对我来说跟以前有什么不同。有好多次，我总觉得发生了一些我已经想不起来的事。就是这些事让我没能在玛格丽特家里待上一夜，而假如我又回到布吉瓦尔，就会看到，玛格丽特正像我那样焦急地等着我。她会问我是谁把我拖住了，让她久盼未见。

当爱情成为生活里的一种习惯，再想改变它而同时不破坏生活里其他所有方面的联系，几乎是不可能的。

因此，我一定得反复地看玛格丽特的那封信，好使自己确信并不是做梦。

由于精神受了刺激，我的身体几乎垮掉。内心的焦虑，一夜的奔走，早上得闻的消息，这一切已经将我搞得疲惫不堪。趁着我最无助的时候，我的父亲让我明确地保证跟他一同离开巴黎。

我接受了他的全部要求，我已经没有力气跟他争论一场。在刚刚遭遇了这些事情之后，我需要一份真挚的感情支撑我活下去。

我的父亲十分愿意来抚慰我所受到的这种创伤，我觉得极为幸福。

我只记得那天大概 5 点，他让我跟他一同坐上了一辆马车。

他让人帮我准备好了行李，跟他的行李绑在一起，放在马车的后面，一言不发就带我走了。

我心中一片茫然。当城市慢慢消失在耳后，旅程的寂寞又让我的心中变得空虚。

此时此刻我的眼泪又流了出来。

我父亲很明白，他说什么话也没办法安抚我，所以他对我一言不发，任凭我去哭。只是偶尔他会握一握我的手，似乎在告诉我，我身边陪伴着一个朋友。

夜里，我睡了片刻。我在梦中见到了玛格丽特。

我猛然惊醒，却不知道自己为什么会坐在车里。

接着，我又想起了现实的状况。我将头深深地垂到胸前。

我没胆子跟父亲说话，总是怕他对我说："我就没信过这个女人的爱情，你看看，我说得没错吧。"

他并没有这样咄咄逼人。我们到了 C 城。在路上，他跟我说的都跟离开巴黎的缘由无关，其他的也都没提。

在拥抱我的妹妹时，我想起了玛格丽特信中讲到的有关她的话。可是那一刻，我清楚地知道，就算我妹妹再好，也无法让我忘掉自己的情妇。

已经到了狩猎的季节，我父亲觉得这正好能帮我解解闷，所以他跟一些邻居和朋友组织了好几次狩猎活动，我也参与其中。对此我并不反对，但也没什么热情，总是一副漠不关心的表情。自从离开巴黎，我做什么事都是没精打采的。

在围猎的时候，他们让我守住自己的位置，我却将猎枪卸掉子弹放在一旁，陷入沉思。

我瞧着游走的浮云，任凭思绪在寂寞的旷野上东奔西突。我经常听到有猎人喊我，告诉我离我不远处就有一只野兔。

我表面看起来很平静，但我父亲并没有因此被蒙蔽。所有的这些细节都无法逃过他的眼睛。他清楚得很，无论我的心灵遭受了多大的创伤，终有一天会来个可怕甚至危险的大反转。他一边装作若无其事，一边竭尽全力给我消愁解闷。

我的妹妹自然不知道这是怎么回事，她只是觉得疑惑，为什么我这个向来乐观开朗的人会突然变得如此闷闷不乐。

有的时候，我刚好心情沮丧，猛然发现父亲在担忧地看着我。我将手伸过去握住他的手，似乎是在告诉他请原谅我的无法自拔给他带去的痛苦。

就这样，一个月过去了，可我已经不能再忍受。

玛格丽特的形象总是在我的脑海中徘徊。不管是过去还是现在，我都深深地爱着这个女人，完全无法一下就将她忘诸脑后。我不爱她就恨她，但无论爱恨，我都一定要见到她，而且要马上就见到。

这个念头在我心里一出现，就根深蒂固了。一种顽强的意志在我行尸走肉般的身体里再次出现。

这并不意味着我想在将来，在一个月之后或者在一周之后再见到玛格丽特，而是在出现这种念头的第二天就要见到她。我跟父亲说我要走，要到巴黎去办些事，但我很快就会回来。

他肯定猜到了我去巴黎的原因，因为他坚持不让我离开。但当时我看起来怒火中烧，如果不能如愿可能会酿成灾难。他拥抱并亲吻我，差不多是声泪俱下地要求我尽快回来。

在到达巴黎以前，我基本无眠无休。到达巴黎了，我该做些什么呢？我全然不知，但首先自然得看看玛格丽特怎么样了。

我回到家里换好了衣服。那一天天气很不错，而且时间尚早，我就去了香榭丽舍大街。

过了半个小时，远远地，我看到玛格丽特的马车自圆形广场向协和广场驶来。她的马已经赎回来了，马车还跟原来一样，但她却没在车上。

一见她没在马车上，我就四处扫视，刚好发现玛格丽特正跟另外一个女人信步走来，那个女人我以前从没见过。

从我身边经过时，玛格丽特脸色煞白，嘴唇抽动了一下，脸上出现了一种僵硬的微笑。而我呢，我的心剧烈地跳着，击打着我的胸膛。不过，我的脸色终究还是保持住了镇静，冷冷地对着我过去的情妇弯了一下腰。她差不多马上朝着马车走了过去，跟她的女伴一起坐上了车。

我对玛格丽特很了解，这次不期而遇必定让她惊慌失措了。她肯定知道我已经离开了巴黎，所以她已经不再担心我们关系破裂之后会有什么后果。可是，她看到我又回来了，而且一来就撞见了；我的脸色还那样苍白，因此她必定猜到我这次回来是有目的的，她也必定在想将来会发生些什么。

倘若我看到玛格丽特日子过得不如意，倘若我能帮帮她以满足自己的报复心理，我或许会原谅她，必定不会再想整她。可是，我看到她至少表面上幸福得很，她那种我无法继续供养的奢侈生活已经得到别人的供养。我们之间的关系是她用卑鄙的手段毁掉的，我的自尊心和爱情都遭受了侮辱，她必须要为我所遭受的痛苦付出代价。

我无法把这个女人的行径不当回事，而最能令其痛苦的，或许就是我的冷漠无情。不管是在她面前，还是在其他人面前，我都得装得若无其事。

我尝试着摆出一副笑脸，跑到普鲁登丝家里。

她的女用人进去通报了，让我在客厅里稍等一会儿。

迪韦尔诺瓦太太终于来了，她带我去了她的小会厅。就在我坐下来的时候，只听到客厅里的门开了，地板上响起一阵轻轻的脚步声，随后楼梯间的门重重地关上了。

"我没打扰您吧？"我对普鲁登丝说。

"没有，玛格丽特刚刚在这儿，她一听说您来了，就溜了。刚刚走的就是她。"

"这样说来，她现在是怕我喽？"

"不，她是怕您看到她会觉得厌恶。"

"那又是为什么？"我其实已经紧张得喘不上气来。我用尽全力使呼吸自然些，然后又随意说道："这个可怜的人儿为了再拿到她的马车、家具和钻石离我而去，她这么做没有错，我不该再怨她，今天我已经见过她了。"

"在哪儿？"普鲁登丝瞅着我说，好像在琢磨我还是不是她之前认识的那个多情郎。

"香榭丽舍大街。她跟另一个极漂亮的女人在一块儿。那个姑娘是谁？"

"长什么样啊？"

"有一头鬈曲的金黄色头发，身材苗条，眼睛是蓝色的，长得漂亮极了。"

"哦，那是奥林普，确实是个极漂亮的姑娘。"

"她现在有情人吗？"

"没有定准的。"

"她住哪儿？"

"特隆歇街……号，啊哈，原来是这样，您是看上她了吗？"

"将来的事谁知道呢。"

"那玛格丽特可怎么办？"

"如果说我一点儿也不想她，那是骗人的。但我这个人很在意分手的方式，玛格丽特就那么随意地将我打发了，这让我觉得自己之前对她那么好是傻透了，因为那时候我确实太爱这个姑娘了。"

您能想象出我是用怎样的语调说出这些话来的，当时我的额头上已经冒出了汗。

"她特别爱您，唉，她也是始终爱您的。今天，她一遇到您就马上来跟我说，这就足以证明。她到这儿的时候浑身颤抖，就像生了病。"

"那她跟您说了什么？"

"她跟我说'他定会来探望您'，还托我告诉您，请您原谅她。"

"您可以这样告诉她，我已经原谅她了。她心肠不错，但终究是个妓女。她如此对我，我本该早就想得到。对于她有这样的决心，我甚至还应该表示感谢呢。因为，直到今天我还在问自己，我那种要跟她永不分离的想法会产生何种后果。我那个时候简直荒唐透顶。"

"如果她知道您也意识到必须这样做，就跟她所认为的一样，那么她肯定会非常高兴。亲爱的，她当时离开您正合适。她曾说过要把自己的家具卖给她的那个混账经纪人，而他已经找过玛格丽特的债权人，问了他们玛格丽特究竟有多少债务。这些人都很担心，正准备过两天就拍卖呢。"

"那么现如今呢，还完了吗？"

"差不多了。"

"那是谁拿的钱？"

"N伯爵。哦，亲爱的！有些男人就是用来做这个的。简单来说，他拿出了20000法郎，但他最终如愿了。玛格丽特并不爱他，他很清楚，但却并不会因此而对她不好。就像您看到的，他把她的马匹和首饰全都赎回来了，还给她跟公爵一样多的钱。如果玛格丽特想踏踏实实过日子，那个人倒也不会再去另觅新欢。"

"她正做些什么？她始终在巴黎住吗？"

"自从您离开之后，她说什么也不肯再去布吉瓦尔。她留在那儿的东西还是我去收拾的，甚至还有些您的东西，我另外打了个包裹。回头，您可以叫人过来取。您的东西都在里面了，除了一只小皮夹，那上面有您名字的首字母。玛格丽特把它要走了，现在留在她家里，如果您非要不可，我就去跟她要回来。"

"留给她吧……"我慢吞吞地说。一想到那个我曾经如此幸福地待过的乡村，想到玛格丽特非要留一件我的东西作为纪念，我就不由得感到心酸，泪如泉涌。

假如此时此刻她走进来，我也许会跪倒在她面前。

我那报复的决心也许会化为乌有。

"另外，"普鲁登丝又说道，"我从未见她像现在这样生活。她几乎连觉都不睡了，四处跳舞，吃夜宵，有时候甚至还喝得酩酊大醉。最近的一次夜宵之后，她在床上躺了一周。医生才说她可以下床，她就没命地又开始那样生活。您想去看看她吗？"

"有必要吗？我是来看您的，您！因为您对我一直很不错，我也是先认识您的。就是因为您，我成了她的情人；也是因为您，我才不再做她的情人，对不对？"

"哦，我的天，我想尽办法让她离开您，这样我觉得您以后就不会再怪我了。"

"这么说我得加倍感激您了，"我站起身来，继续说道，"因为我讨厌这个娘们儿，她把我说的话太当真了。"

"您准备走了吗？"

"没错。"

我已经了解得够清楚的了。

"什么时候能再看到您？"

"很快就会再见的，回见。"

"再见。"

普鲁登丝一直送我到了门口。我回到家里，眼含愤怒的热泪，心里渴望着复仇。

如此说来，玛格丽特与其他的姑娘没什么两样。她曾经对我的真挚爱情还是无法胜过她对以往那种生活的欲望，无法胜过她对车马和欢宴的渴望。

夜里我无法入睡，就这么想来想去。假如我真的可以如自己佯装的那样冷静，平心而论，我或许能在玛格丽特这种新的狂热生活方式中看出她是想借此来甩掉一个纠结的念头，抹除一段难以抹去的记忆。

遗憾的是，那股邪气一直萦绕着我。我一心要找出折磨这个可怜的女人的法子。

哦，在狭隘的欲望受到打击时，男人变得何其渺小和卑鄙呀！

我看到过的那个跟玛格丽特在一块儿的奥林普，即便不是玛格丽特的朋友，也是她回到巴黎后交往最密切的人。这个奥林普即将举办一场舞会，我猜到玛格丽特也会去，便想办法搞到了一张请帖。

　　我带着苦痛的心情来到舞会，此时现场已经热闹非凡。大家都在舞动着，甚至又喊又叫。在一次四组舞期间，我看到玛格丽特正在跟 N 伯爵跳舞。他显得很神气，因为自己可以向大家炫耀这样一位舞伴。他就像是在告诉大家："这个女人属于我。"

　　我背倚壁炉，刚好面对玛格丽特，看着她跳舞。她一看到我，顿时手足无措。我瞧瞧她，漫不经心地用手和眼神向她示意。

　　当我想到在舞会结束之后，陪她回去的会是那个蠢蛋而不是我；在他们回到她家之后，他们可能要做的事情时，我便热血沸腾。我要摧毁他们的爱情！

　　女主人奥林普那美丽的香肩和半裸着的诱人的胸脯展现在所有宾客眼前。四组舞结束之后，我走过去向她致意。

　　这个姑娘漂亮得很，身材也比玛格丽特要好看些。在我跟奥林普交谈时，玛格丽特向这里投来的目光让我对此更加确定。成为这个女人的情人就能跟 N 先生同样自豪。而且，她也有足够的姿色，就跟玛格丽特过去一样，同样能激发我的情欲。

　　当时，奥林普还没有情人。想成为她的情人很容易，只要拿出钱摆阔气，吸引她的注意就够了。我下定决心要让这个女人做我的情妇。我一面跟奥林普跳着舞，一面装作一个追求者。

　　过了半个小时，玛格丽特便面如死灰。她穿好自己的皮大衣，离舞会而去。

🌿第二十四章

这已经让她足够难受，但还不能让我满意。我知道我拥有控制这个女人的力量，我卑鄙地将这种力量滥用了。

现在想到她已经没了，我扪心自问，上帝会不会宽恕我给她带来的痛苦。

吃夜宵的时候异常热闹，吃完夜宵就开始赌钱。我就坐在奥林普的身边。我下赌注的时候是如此大胆，不可能不吸引她的注意。没过一会儿，我就赢了一两百路易。我将这些钱在眼前铺开，她投来贪婪的目光。

没有将全部注意力放在赌博上的人只有我一个，我在观察奥林普。一整个晚上我都在赢钱。我拿了些钱给她去下注，因为她已经输光了手里的钱，也许那就是她的全部家当了。

清晨5点大家都纷纷离开。

我一共赢了300路易。

所有赌钱的客人都下楼去了，可没人注意到只有我一个人落在最后，因为那些人都不是我的朋友。

奥林普亲自站在楼梯上给大家照亮。当我正要跟大家一样下楼的时候，我转过身来对她说："我想跟您聊聊。"

"明天再聊吧。"她说。

"不，就现在。"

"您要跟我聊些什么呢？"

"您马上就知道了。"

我又返回到房间里。

"您输钱了吧？"我问她。

"没错。"

"您把家里的钱都输光了吧？"

她迟疑了，不回答。

"实话实说吧。"

"嗯，确实如此。"

"我赢了 300 路易，都在这儿，如果您同意我留下来。"

说着，我把金币全撒到桌子上。

"您为什么要这么做？"

"天哪，因为我爱您呀。"

"不是这样的，您爱的是玛格丽特，您做我的情人是打算以此报复她。像我这样的女人是不会上当受骗的。很遗憾，我太过年轻漂亮，不太适合您想让我扮演的角色。"

"这样说来，您是不同意喽？"

"没错。"

"莫非您更想平白无故地爱我？那样我是不会接受的。您瞧，亲爱的奥林普，我原本可以叫人带着我的条件代我送来这 300 路易。如此一来，您可能就会接受了。可是，我还是乐意跟您面对面谈一谈。接受吧，别管我为什么要这样做。您说自己年轻漂亮，那么我爱您也就没什么奇怪的了。"

同奥林普一样，玛格丽特也是个妓女。但我刚刚对她说的那些话，在我第一次看到玛格丽特时是绝对不敢说出来的。这说明这个女人缺少一些玛格丽特身上所有的东西，我爱的是玛格丽特。甚至就在我跟她谈这笔买卖的时候，虽然她长得妩媚动人，但我还是感觉这个跟我谈生意的女人十分讨厌。

当然喽，她最后还是屈服了。中午的时候，我从她家里走了出来。那时候，我就已经成为她的情人了。为了我拿给她的那6000法郎，她觉得自己必须得好好地跟我说说情话，亲热亲热。而我呢，一下她的床就把这一切忘得干干净净了。

不过，也有些人就因为她而倾家荡产。

从那天起，我时时刻刻都在折磨着玛格丽特。奥林普再也不跟她见面了，原因不用我说您也知道。我送给我的新情妇一辆马车和一些首饰，还赌钱，最后变得像是爱上奥林普这类女人的男人，做了许许多多的荒唐事。我又觅得新欢的消息不胫而走。

就连普鲁登丝也信以为真，她终于相信我已经把玛格丽特忘得一干二净。玛格丽特呢，她要么已经猜到我为什么这样做，要么就跟其他人一样信以为真。她带着极强的自尊心来应付我每一天带给她的侮辱。不过，她看起来很痛苦，因为我不管在哪儿看到她，她的脸色都一次比一次苍白，一次比一次忧郁。我对她的爱情太过强烈以至于因爱生恨。看到她每天都如此痛苦，我心中暗爽。有那么几次，在我用卑鄙的手段狠狠地折磨她时，她就用苦苦哀求的眼神望着我，以至于我突然因自己扮演的那种角色而羞愧，差一点儿就要去恳求她原谅我了。

不过，这种愧疚的心情很快就消失了，而奥林普最后摒弃了自己全部的自尊。她很清楚，只要折磨玛格丽特就能从我这儿得到她想要的一切。她总是怂恿我为难玛格丽特，抓到机会就羞辱玛格丽特。她就像一个背后有男人撑腰的女人，使各种各样的恶劣手段。

到最后，玛格丽特只能不再去参加舞会，也不去看戏了。她怕在那些地方遇到我和奥林普。与此同时，我开始写匿名信而不再当面羞辱。我把各种各样见不得人的事都栽赃到玛格丽特身上，并且让我的情妇去散播，我自己也去。

这些事只有疯子才做得出来。我那个时候精神亢奋，就像个喝多了劣质酒的醉汉，很可能身体在犯罪，而头脑还没反应过来。在做所有这些事的时候，我心里也是痛苦万分的。面对我的挑衅，玛格丽特显得从容淡定，这让我觉得她比我要高尚，也让我更加生气。

一天夜里，不知奥林普在哪儿遇到了玛格丽特。这次玛格丽特并没有让着这个侮辱她的蠢女人。一直到奥林普被迫让步，她才善罢甘休。奥林普气呼呼地回来了，而玛格丽特却在昏倒后被抬回了家。

在回来之后，奥林普把刚刚发生的事情都告诉了我。她说玛格丽特见她孤身一人，便想要报仇，究其原因就是她做了我的情妇。奥林普让我写信告诉她，以后无论我在场与否，她都应该尊重我所爱的女人。

不用说，我同意这么做了。我将自己能找到的一切挖苦、羞辱和残忍的言语都写到了这封信里，当天就给她寄去了。这次的攻击太过了，这个苦命的女人无法再默默承受。

我猜她一定会回信，所以我决定一整天都待在家里。

下午2点左右，有人拉响了门铃。我一看，是普鲁登丝进来了。

我试着装作若无其事，问她因为什么事来找我。那天，迪韦尔诺瓦太太没有一丝笑容。她严肃而激动地对我说，自从我回到巴黎之后，将近三周的时间，我没放过一次折磨玛格丽特的机会，这导致她病倒了。昨天晚上的事和今早我的那封信使她卧床不起了。

　　总而言之，玛格丽特并未责怪我，而是托她跟我求情，说她的身心已经无法再承受我对她的折磨。

　　“戈蒂埃小姐将我扫地出门，”我对普鲁登丝说，“那是她的权利，但她要侮辱我爱的女人，还借口说这个女人是我的情妇，这我就绝不能答应了。”

　　“我的朋友，”普鲁登丝对我说，“您被一个没心没脑的姑娘影响了。您爱她，这无可厚非，但这不能成为欺负一个无法保护自己的女人的理由哇。”

　　“让戈蒂埃小姐把她的 N 伯爵打发走，我就罢休。”

　　“您清楚得很，她不会这么做的。因此，亲爱的阿尔芒，您放过她吧。假如您见到她，您会为自己对她的所作所为感到羞愧的。她面色苍白，久咳不愈，日子长不了了。”

　　普鲁登丝将手伸给我，又说了一句：“去看看她吧，您去看看她，她会非常高兴的。”

　　“我不想看到 N 伯爵。”

　　“N 伯爵肯定不会在她那儿，她受不了他。”

　　“要是玛格丽特非要见我，她知道我在哪儿住，让她过来就行了，我是不会再去昂坦街的。”

　　“那您会好好接待她吗？”

　　“包君满意。”

"那好，我能肯定她会来的。"

"让她过来吧。"

"今天您出门吗？"

"整个晚上我都在家里。"

"我去跟她说。"

普鲁登丝离开了。

我甚至连封信都没给奥林普写，告诉她我不去她那儿了。对她，我向来没那么在意。整整一周，我难得去她那儿过一夜。我料定，她会从大街上随便哪家戏院的男演员那儿获得安慰。

吃晚餐的时候，我出去了一下，但差不多立刻就赶了回来。我吩咐人点上所有的火炉，还将约瑟夫打发走了。

在等待她的那一个小时里，我心情无比激动，以至于我没办法告诉您我那时的种种想法。晚上 9 点左右，我听到了门铃声。此时我百感交集，心乱如麻，甚至去开门时都不得不扶着墙根儿。

幸亏会客厅里的灯光不太亮，很难看出我那难看得要命的脸色。

玛格丽特走了进来。

她全身上下的衣服都是黑色的，还蒙着面纱。在面纱的掩盖下，我几乎认不出她的面容。

她走到客厅里，掀开了她的面纱。

她的脸色惨白，像大理石一样。

"我来了，阿尔芒，"她说，"您想让我来，我就来了。"

接着，她将头低了下去，用双手捂着脸痛哭起来。

我朝她走过去。

"您怎么了？"我对她说。此时，我的声音都变得不一样了。

她将我的手紧紧握住，一言不发，因为她已经哭得说不出话来了。不久，她稍稍平静了些，对我说："您把我害得好苦哇，阿尔芒，可我却没做什么对不起你的事。"

"没做什么对不起我的事吗？"我苦笑着辩驳道。

"我所做的都是受环境所迫。"

在见到玛格丽特时，我心里出现的那种感觉，不知您是否在生活中感受过或者是否能在未来感受到。

之前她来到我家时，她也是坐在她此刻所坐的位置。只不过如今她已经做了别人的情妇，吻她嘴唇的不再是我，而是其他人；但我还是情不自禁地把嘴唇凑了上去。我觉得自己还跟以前一样地爱着这个女人，甚至可能比之前爱得更加热烈。

可是，对于叫她来这儿的理由，我却难以启齿。玛格丽特也许明白我的意思，因为她继续说道："打扰您了，阿尔芒，我来这儿是要求您两件事：一是请原谅我昨天对奥林普小姐的无礼，二是别再做您或许还要针对我做的事，饶过我吧。不管您是有心还是无意，自从您回到巴黎，您带给我很多的痛苦，我已经难以承受。即便仅仅像今早所承受痛苦的一小半，我也承受不住了！您会同情我的，对不对？您也清楚，像您这样的心地善良的人，还有很多比报复一个像我这样愁深病重的女人更加高尚的事要做呢。您摸一下我的手，我还在烧着。我下床并不是为了来向您求取友情，而是请您别再在意我了。"

我拉起玛格丽特的手，发现她的手真的很烫。这个可怜的姑娘裹着天鹅绒大衣，却浑身颤抖。

我将她所坐的扶手椅推到了火炉旁边。

"您觉得我会好受吗？"我接着说，"那天夜里我先是在乡下等您，后来又来巴黎找您。可我在巴黎只找到了那封信，它差点儿让我疯掉。

"您怎么能骗我呢，玛格丽特，我曾经是那么爱您！"

"别说这些了，阿尔芒，我来这儿不是跟您说这些的。我只是希望我们不要一见面就跟仇人似的。我还要再握一次您的手，您有了个年轻貌美的心仪情妇，愿你们俩幸福，就把我忘记吧。"

"那您呢，您肯定幸福吧？"

"你看我的脸，像一个幸福的女人吗？阿尔芒，别取笑我的痛苦了，您比谁都清楚我因何痛苦以及如何痛苦。"

"假如您真如自己所说的那样不幸，那想要改变这种状况也得看您自己呀。"

"不，我的朋友，我再犟也胜不过客观环境，而您似乎是说我遵从了自己身为妓女的天性。并不是这样的，我遵从的是一个严肃的需求，个中原因您终有一天会明白的，到时候您就会原谅啦。"

"您为什么不现在就告诉我这些原因呢？"

"因为现在告诉您也无法让我们破镜重圆，或许还会让您疏远自己不该疏远的人。"

"他们是谁呢？"

"我没办法告诉您。"

"那您就是在骗人。"

玛格丽特站了起来，走向门口。

我心中将这个形容枯槁、泣不成声的女人跟当初在喜剧歌剧院嘲笑我的那个姑娘做了一下比较。此时此刻，我无法眼看着她的一言不发和痛苦的表情而毫不在意。

"您不能走。"我在门口拦住她说。

"为什么？"

"因为虽然您如此待我，但我还是始终爱着您，我要您留在这儿。"

"为了明天再把我赶出去吗？不，这不可能！咱们俩的缘分已尽，不要再想重归于好，否则您可能就会看不起我，而现在您仅仅是恨我。"

"不，玛格丽特，"我感到一见到这个女人，我所有的爱和欲望就都被唤醒了，于是大喊道，"不，我会忘掉一切，咱们还会像曾经暗许终身时那样的幸福。"

玛格丽特疑惑地摇了摇头，说："我不过就是您的奴仆，您的宠物吗？您想怎样就怎样吧，随您处置，我是您的。"

她脱去大衣和帽子，将它们全扔进沙发。突然，她开始解开连衣裙上半身的搭扣。由于她那种病的惯常反应，心血上涌，让她透不过气来。

紧接着是一阵嘶嘶哑哑的干咳。

"叫人去告诉我的车夫，"她继续说道，"把车赶回去吧。"

我亲自下了楼，将她的车夫打发走了。

我回来时，玛格丽特正躺在炉火前，冻得连牙齿都在咯咯作响。

我将她抱在怀中，帮她脱去衣物。她一动不动，身上冰冷冰冷的。我把她抱上了床。

接下来，我就挨着她坐下，试着用爱抚来温暖她。她对我一言不发，只是微笑着看着我。

哦，这简直是个奇幻的夜晚。玛格丽特给我的热吻，几乎灌注了她全部的生命。我是如此爱她，以至于在我最最兴奋的爱之缠绵之际，我曾想到是不是该杀掉她，好让她永远不可能再属于别人。

倘若一个人的肉体和精神都如这般爱上一个月，那就只能剩下一个躯壳了。

天亮了，我们俩都醒了过来。

玛格丽特一言不发，脸色灰白，豆大的泪珠不时从眼眶里滑落到脸颊上，就像钻石那般晶莹剔透。她用疲惫的胳膊不停地张开来抱我，却又无力地垂落下去。

有那么一瞬间，我想自己能够把离开布吉瓦尔以来的所有事忘得一干二净。我对玛格丽特说："你愿意跟我一起走吗？一起离开巴黎。"

"不，不，"她近乎恐惧地说，"我们以后会非常不幸，我无法再给您带来幸福，但只要我活着，您就可以随便把我怎么样，无论白天还是黑夜，只要您需要我，就来找我，我就是您的。但是，别把我们的未来牵到一起，这样你和我都会非常不幸的。

"我现在还算是个漂亮的姑娘，请好好享用，但不要跟我再求其他了。"

她离开之后，我觉得很孤单，而且害怕极了。她都离开两个小时了，我还坐在她待过的床上。我一边凝视着床上的枕头，那上面还留着她的头压出的褶皱；一边想自己在爱与嫉妒之间将会变成什么模样。

下午5点，我去了昂坦街。去那儿干吗，我自己也不知道。

纳妮娜帮我打开了门。

"夫人没办法接待您。"她尴尬地告诉我。

"为什么？"

"N伯爵在这儿，他不让任何人进去。"

"对呀，"我结结巴巴地说，"我忘记了。"

我就像个喝醉酒的人似的回到家里，您知道我在那嫉妒得发疯的一刻做了什么吗？就这一瞬间足够我做一件可耻的事，您知道我做了什么吗？我心想这个女人一定在嘲笑我，我想象着她在跟伯爵打情骂俏，跟他说着她昨晚对我说的那些话，还不让别人去打扰。于是，我拿出一张500法郎的票子，写了如下这张纸条，一并给她送了过去。

今早您离开得太过匆忙，我忘记向您付钱了。这是
您的过夜费。

信被拿走之后，我就出门了，就好像要逃避做了此等劣事之后会出现的一阵愧疚。

我去了奥林普家，见她正在试穿一些衣服。只剩我们两个人的时候，她就会唱着下流的小曲儿给我解解闷。

这个女人是个典型的不知羞耻、没心没肺的妓女，起码我是这么认为的。也许会有其他男人跟她一起做我跟玛格丽特一起做的那样的美梦。

她跟我要钱，我就给了她，接着我就可以离开了。我回到了自己家。

玛格丽特没回信给我。

不用说您也知道，我第二天是在怎样惴惴不安的心情下度

过的。

那天下午六点半，有个当差的送过来一封信，里面装的是我那张纸条和那张 500 法郎的票子，此外再无一字。

"是谁给您的这封信？"我问那个人。

"一位夫人，她带着自己的侍女一同登上了去布洛涅的马车。她吩咐我等马车驶出院子以后再把信送来给您。"

我赶到了玛格丽特家。

"今天 6 点，太太动身前往英国了。"看门人告诉我。

在巴黎，我已经没什么可留恋的了，没有恨，也没有爱。在遭受了这一切的打击之后，我已经筋疲力尽。我的一位朋友要去东方旅行，我告诉父亲自己想陪他一块儿去。我的父亲交给我一些汇票和介绍信。过了八九天，我在马赛坐上了船。

在亚历山大①，我从一个大使馆的随员（曾在玛格丽特家里见过这个人几面）那儿得知了这个可怜姑娘的病况。

于是，我给她写了一封信，而她给我回了一封信。那封信是我在土伦②收到的，您已经看过了。

我马上就动身回来了。至于之后的事，您就都知道了。

接下来，您只需看一看朱利·迪普拉转交给我的那些日记，就都清楚了。对于我刚刚跟您讲的这个故事，这些日记是不可或缺的补充。

――――――――――

① 亚历山大，即亚历山大港，埃及第二大城市和最大港口，是埃及最重要的海港，位于地中海南岸。

② 土伦，法国瓦尔省的省会，位于马赛以东 65 千米处，位于地中海沿岸，是重要的客运港。每年有许多旅客经此往科西嘉、撒丁等岛。第二次世界大战中曾受重创，后重建。

第二十五章

在阿尔芒的长篇讲述中，他不时因流泪而停下来。他讲得很吃力。在将玛格丽特亲手写的几页日记拿给我之后，他就用手捂住额头，闭上了眼。他或许是在沉思，或许是累了，要睡一会儿。

没过一会儿，我听到他发出一阵较为急促的喘息声。这表明阿尔芒已经睡过去了，但睡得不太熟，稍有响动就有可能会惊醒。

以下就是我看到的内容，我原封不动地抄了下来。

今天是 12 月 15 日，我都病了三四天了。今早我在床上躺着，看着阴沉的天气，忧伤而愁闷；我孤身一人，我在想您，阿尔芒。而您呢，在我写这几行字的时候，您在哪儿呀？有人对我说，您在离巴黎很遥远的地方，或许您早就把玛格丽特忘记了。总之，愿您幸福。我生命里仅有的那些欢乐时光，都是您带给我的。

我再也忍不住了，我要向您解释一下自己先前的种种行为。我已经给您写过一封信了，但我这样一个女人写的信，很可能会被认为全是谎言。除非我不在了，因为死亡的威严会让这封信变得神圣；除非那是一份忏悔书，而非普普通通的信，才会有人信。

如今我病倒了，我可能会就此病死，因为我总是感觉到自己命不久矣。我母亲是害肺病死的，她留给我的唯一遗产就是这种病；而我那种一贯的生活方式只能加重我的病情。我不甘心默默死去而让您蒙在鼓里。万一您回来时，还在留恋那个您在离开以前爱过的可怜姑娘呢。

下面有一封信的内容，可以作为我辩解的一个新的证明。我非常乐意将它重新抄上一遍。

您还记得吧，阿尔芒？在布吉瓦尔时，您父亲到来的消息如何把我们吓了一跳。您还记得您父亲的到来让我不由得感到恐惧吧？您还记得您在那天晚上给我讲述的您和他之间发生的事情吧？

就在第二天，当您在巴黎等着您的父亲却久等不来时，有个男人来到我家，交给我一封来自杜瓦尔先生的信。

我现在就将这封信附在这儿，信中极其严肃地要求我次日借故将你支开，好接待您的父亲。他有话要跟我说，还特别嘱咐我丝毫不能向您透露他的行动。

你还记得吧，在您回来之后，我是如何坚持要您次日再去巴黎的？

您离开一个小时之后，您父亲就来了。他那严肃的表情给我的印象就不用我跟您多讲了。您父亲的头脑里满是旧观念。在他看来，所有的妓女都是些没心没肺的生物，她们就是榨取钱财的机器，就如同钢铁机器，随时都会将递给它东西的手压断，还会冷酷无情、不辨善恶地碾碎保养和操纵它的人。

您父亲写了封很得体的信给我，只是为了让我同意接待他，但他到了之后却并不像他信上写的那般客气。谈话一开始，他就颐指气使，傲慢无礼，甚至还带着威胁的口气，以至于我不得不叫他搞清楚这是在谁的家里。要不是因为我对他的儿子怀有真情实意，我才没必要跟他报告我的私生活呢。

杜瓦尔先生稍稍平静了些，但他还是跟我说，他不可能放任自己的儿子为我搞得倾家荡产。他说我长得漂亮，事实也确实如此，可不管我如何漂亮，也不该依靠色相去无度挥霍，去毁掉一个年轻人的前途。

对此我只能通过一件事来解释，是吧？我只有拿出证据来说明，自从做了您的情妇，出于对您的忠诚，而又不向您再索要超出您经济能力的钱财，我不惜做出了全部牺牲。我把当票拿出来给他看；对于那些没法儿当的，我就把买家的收据拿给他看。我还告诉您的父亲，为了跟您住在一起而又不成为您过重的负担，我已经决定卖掉我的家具来还债。我给他讲了我们的幸福，还有您向我描述的那种较为平静和快乐的生活。他最终明白了，把手伸给我，让我原谅他开始时的无礼态度。

接着，他对我说："那么，夫人，这么说我就放弃通过指责和威胁，而是通过请求来请您做出牺牲了。相比于您曾为我儿子做出的牺牲，这种牺牲要更大。"

一听到这段开头话，我浑身颤抖起来。

您的父亲走到我这边，握着我的一双手，亲切地继续说道："孩子，对于我即将要跟您说的话，您别往坏处想。不过，您要明白，对心灵来说，生活有时候是残酷的，但这是必要的，所以不得不去承受。您心地善良，灵魂里的很多善良想法是一般女人所没有的。她们或许看不上您，但却赶不上您。不过，请您考虑一下，一个人除了情妇还有家人，除了爱情还有责任。要知道，在生活中，一个人经历过激情四射的阶段就到了需要受人尊敬的阶段，这个时候他所需要的就是一个稳固牢靠的地位。我的儿子没什么财产，可他却想把自己从母亲那儿继承的财产过户到您名下。如果他接受了您就要做出的牺牲，那他很可能出于面子把这笔财产送给您作为报答。您拥有了这笔财产，以后便生活无忧。但是，您做出的牺牲他无法承受，因为您不为这个社会所了解，大家会觉得他接受您的牺牲，可能是出于某个不光彩的原因，由此我家的门楣便会被玷污。大家可不会在乎阿尔芒和您是否相爱，也不会在乎这种相爱对他而言是不是幸福，对您而言是不是重生，他们只会注意一件事，那就是阿尔芒·杜瓦尔竟然能容忍一个妓女——请原谅我不得不这么说，我的孩子——容忍一个妓女为他把一切家当都卖掉。之后的生活便只剩埋怨和懊悔，请相信这句话，对您和其他人全都一样，你们俩从此便套上了永远也无法除去的锁链。那个时候你们该怎么办？你们的青春消耗殆尽，我儿子的前途也将被断送。而我呢，他的父亲，原本盼着两个孩子来报答，现在却只能等一个孩子来报答了。

"您年轻又漂亮，生活会带给您安慰；您是高尚的，做一件善事能将您以往的许多罪过赎清。阿尔芒才认识您六个月，就把我忘记了。我写了四封信给他，他一封也没回，大概我死了他都不会知道！

"阿尔芒是那么爱您，以至于无论您如何下决心以后再也不像过去那样生活，他也绝不会因经济拮据而让您受苦，而清苦的生活与您的美貌是不匹配的。到那个时候，没有人知道他会干出些什么事！我知道他已经开始赌博了，我也知道他没跟您说过。

可是他很有可能头脑一热，就把我多年的积蓄输掉一些。这些积蓄是我给女儿置办嫁妆用的，也是为了阿尔芒，为了我老有所依而存起来的，还要用来应付其他可能发生的意外情况。

"况且，您是不是就能确定自己再也不会留恋为了他而舍弃的那种生活呢？您现在爱着他，可您是不是能确定将来绝不再爱其他人呢？随着年纪越来越大，如果爱情的梦想被对事业的野心所取代，你们之间的关系就会给您情人的生活造成某些巨大的障碍。到那个时候，难道您就不觉得痛心吗？夫人，所有的一切您都得考虑考虑。您爱着阿尔芒，为了向他证明您爱他，您就只能为了他的前途而牺牲您的爱情。眼前尚未发生什么不幸的事，可将来会发生的，很可能比我预想的还要严重。也许阿尔芒会因嫉妒向曾爱过您的某个人挑衅，然后跟他决斗，最后被杀死。

"您想一想，到了那个时候，您在这个让您为他儿子的死负责的父亲面前该是多么痛不欲生啊！

"总之，孩子，让我把一切都告诉您吧，我还没全对您说出来呢。要知道我是因为什么来巴黎的。我有个女儿，刚刚我跟您提过了，她年轻漂亮，如天使那般纯洁。她正在恋爱，同样也把这样的爱情视为她一辈子的美梦。这些事我都写信告诉阿尔芒，可他的心思全在您那儿，他都没给我回信。如今，我的女儿就要出嫁了，要嫁给她心爱的男人了，走入一个门当户对的体面家庭。我未来的女婿得知阿尔芒在巴黎的所作所为，声称如果阿尔芒执迷不悟，他们家将要食言。一个从未冒犯过您的姑娘的命运，就掌握在您手里了，她本该拥有美好的未来。

"您有什么权利摧毁她未来的幸福生活呢？您做得出这样的事吗？既然您爱阿尔芒，既然您要悔过自新，玛格丽特，请把我女儿的幸福交给我吧。"

我的朋友，面对这些我也曾想过无数次的问题，我只能让泪在心里流；而且，这些事都是从您父亲口里说出来的，这就更加说明它们太现实了。

您父亲有好多话想跟我说，可话到嘴边又不敢讲。我心里很清楚那是些什么话：我仅仅是个妓女，无论我多么振振有词，这种关系看上去总像是一种自私的打算；我以往的生活已然让我丧失了追求这种未来的权利，所以我不得不对我的习惯和声誉所带来的后果负责。总之，我爱您，阿尔芒。杜瓦尔先生像父亲般待我，让我对他心生尊敬，而我也要赢得这个坦率的老人对我的尊敬。我也相信，将来也一定能得到您对我的尊敬。在我的心里，所有的这一切激发出崇高的思想，这些思想让我在自己心目中变得有价值，并让我拥有了一种前所未有的圣洁的自豪感。我一想到这个为自己儿子的前途苦苦恳求我的老人，在某天会告诉他女儿要将我的名字当成一个神秘朋友的名字来祈福，我的思想境界就完全不同于过去了，我的心中是满满的骄傲。

一时激动或许将这些印象的真实性夸大了，但我当时就是这么想的。朋友，与您一同度过的那些幸福时光的回忆劝我别这样，可有了这些新的体验之后，我就顾不上这些了。

"好吧，先生，"我擦着眼泪对您的父亲说，"我爱您的儿子，您相信吗？"

"我相信。"杜瓦尔先生说。

"那是种无私的爱情吗？"

"是。"

"曾经，我将这种爱情视为我生活的希望、梦想和安慰。您信吗?"

"我全信。"

"那么先生,吻我吧,就像您吻自己的女儿那样。我发誓,我所得到的这个唯一真正纯洁的吻会给我战胜爱情的力量。一周内,您的儿子就会回到您那儿。他可能会难过一段日子,但他从此就得救了。"

"您是个高贵的姑娘,"您的父亲一边吻着我的额头一边说,"您做的事上帝也会赞许的,但我很担心,您可能拿我的儿子没辙。"

"哦,请放心,先生,他一定会恨我的。"

在我们之间要有一道逾越不了的障碍,为了我,也是为了您。

我给普鲁登丝写了信,告诉她我接受了 N 伯爵的条件,让她去告诉伯爵我要跟他共进夜宵。

我把信封好,也没告诉您父亲那里面写了什么,就请他到巴黎之后叫人按照地址把信送去。

不过,他还是打听了我信里的内容。

"那里面写着您儿子的幸福。"我告诉他。

您的父亲最后又吻了我一下。我感觉到有两滴感激的热泪落在我的额头上,那就像是对我以往所犯罪过的洗礼。就在刚刚我才同意委身于另外一个男人,可此时一想到用这个新的罪过所换回的东西,我就感到无比自豪。

这是再正常不过的事了,阿尔芒,您曾经告诉我您父亲是世界上最正直的人。

杜瓦尔先生乘上马车离开了。

可我终究是个女人，当我又见到您时，我忍不住哭了起来，但我并没有反悔。

现在我一病不起，或许等到死了才能离开这张床。我心里想："我做得对不对呢？"

随着我们不得不分开的时刻越来越近，我的感受您全目睹了。您的父亲已经离开了，没有人让我依靠。一想到您就要恨我，就要鄙视我，我是那么心慌。有那么一个瞬间，我差点儿就把一切都告诉您了。

有一点您可能不信，阿尔芒，这就是我请求上帝赐给我的力量。我所祈祷的力量得到了上帝的赐予，这就证明他默许了我的牺牲。

那次吃夜宵时，我还想要人帮忙，因为我不想知道我要做些什么。我是多么害怕自己失去勇气呀！

谁会相信呢，在想到又要有个新情人时，玛格丽特·戈蒂埃竟然会这么悲伤？

为了忘记所有的一切，我喝了好多好多酒。第二天醒过来的时候，我发现自己睡在伯爵的床上。

这就是所有的真相，朋友。请您自己判断吧。原谅我吧，就像我已经原谅您从那天起带给我的所有苦难。

第二十六章

在确定命运的那一夜之后发生的事，我们都清楚，但在您跟我分手之后我所遭受的痛苦，是您所不知道的，也是你所无法想象的。

我知道，您的父亲已带您走了，可我不信您能离开我而长久地如此生活下去。那天在香榭丽舍大街见到您时，我激动不已，却并不觉得意外。

之后，就开启了那些日子。在那些日子里，您每天都要想出个新点子来侮辱我。可以说，我欣然接受了这些侮辱，因为它们是您一直都爱着我的证明。除此之外，我似乎还认为您越是折磨我，等您得知真相的那天，我在您眼中就越是显得伟大。

对于我的这种乐于牺牲的精神，阿尔芒，您别觉得惊讶和奇怪。您以前对我的爱情已经激发我的心灵走向崇高。

不过，我并非一下子就这般坚强的。

从我为您做出牺牲到您回到巴黎，中间有很长的一段日子。在这期间，我为了不让自己发疯，为了在自己选择的那种生活中麻醉自己，我需要借助身体上的疲劳。普鲁登丝已经告诉过您了，对不对？我始终像是在过节日，参加全部的舞会和欢宴。

在如此过分的肆意欢乐之后，我多么希望自己早些死掉；而且，我相信我很快就要如愿了，我的健康每况愈下。在我让迪韦尔诺瓦太太去向您求饶时，我的身体和灵魂都已近乎衰竭。

阿尔芒，我不想跟您说，在我最后一次向您证明我对您的爱情时，您是怎么对待我的，您又是通过何种侮辱将这个女人赶出巴黎的。在听到您想要一夜欢愉的声音时，这个即将死去的女人觉得无法拒绝。她就像失去了理智，曾在那一刻以为这个晚上能够再续前缘。阿尔芒，您有权利做那样的事，其他人在我那儿过夜，给的钱有时还没那么多呢！于是，我抛开了一切。奥林普成了N伯爵的新欢，顶替了我。有人告诉我，她已经对他说了我为什么离开巴黎。G伯爵在伦敦，他这样的人只把与像我这样的姑娘之间的爱情当成是娱乐消遣。他跟那些旧爱总是保持着朋友关系，既不怨恨，也不嫉妒。总之，他是位有钱有势的老爷，他的钱包是朝着我们大开的，但心灵却只向我们敞开一角。我马上就想起了他，就找他去了。他热情周到地接待了我，但他在伦敦已经有情妇了，那是个上流社会的女人。他担心我跟他之间的事传出去对他不好，便将我介绍给了他的朋友们。这些人请我吃夜宵，之后有个人就把我带走了。

您让我怎么办呢，我的朋友？

自杀？这可能会给您本应幸福的人生带来不必要的内疚；再说了，一个垂死之人为什么还要自杀呢？

我变成一具躯壳，没有灵魂，没有思想。我行尸走肉般过了一段这样的日子，随后又返回巴黎，打探您的消息，这才得知您已经远走异乡。我一无所依，生活似乎又回到了两年前认识你的时候那样。我想再去求助公爵，可是我把他的心伤得太重了，而老人又都是缺乏耐心的，或许是因为他们知道自己余年有限吧。我的病情每况愈下，我脸色苍白，心情悲痛，而且越加瘦削。在拿货之前，买爱的男人总得看看货色。在巴黎，比我健康丰满的女人比比皆是，因此他们都不太记得我了。以上就是今天之前发生的事。

现在，我已经彻底病倒了。我给公爵写了信，向他求助钱财，因为我已经身无分文，而债主们都来了，他们没有丝毫怜悯之心，都带着借条逼我还债。公爵会回信给我吗？阿尔芒，您为什么不在巴黎呀！如果您在巴黎，就会来看我，而您来了，我就会得到安慰了。

12 月 20 日

天气很吓人，还下着雪，我一个人孤零零地待在家里。这三天，我一直在发高烧，没给您写过一个字。依然如故，我的朋友，我每天都痴心妄想能收到您的信，但一封也没有，看来必定是永远不会有了。能够铁了心不宽恕他人的只有男人。公爵没给我回信。

普鲁登丝又开始替我去当铺了。

我一直在咯血。哦，假如您见到我，一定会难受。您很幸福，待在一个艳阳高照、天气暖和的地方；不像我这样，胸口上像是压着整个冰天雪地的严冬。今天我下床待了会儿，我隔着窗帘看到了窗外的巴黎生活。这样的生活已经跟我彻底无缘。穿过大街的有几张熟脸，他们步履匆匆，有说有笑，无忧无虑，可没有一个人抬头看看我的窗子。不过，倒是有几个年轻人到过这儿，留下了姓名。记得以前有一次我生病的时候，您天天早上都来打听我的病况。可当时您还不了解我，您只是在我们初次相识时受到过我的一次无礼的对待。现在，我又生病了。我们曾共同生活了六个月，所有一个女人心里能装得下又能够给人的爱情，我全掏出来给了您。您远在他方，您在咒骂着我，您的哪怕一句安慰的话我也得不到。您如此遗弃我是命运的安排，我对此深信不疑。因为倘若您在巴黎，那您一定会寸步不离地待在我的房间，待在我的床边。

12 月 25 日

我的大夫不允许我每天写信。确实，回想以前的事只会让我烧得更严重。不过，我昨天收到的一封信让我觉得好受了些。这封信的精神意义要比它带来的物质意义更让我感到高兴。所以，我今天就能写信给您了。那封信是您父亲寄来的，以下就是信的内容。

> 夫人：
>
> 我刚刚才得知您生病了，假如我待在巴黎，我一定会亲自去探望您；假如我儿子在我身边，我也会叫他去打听您的情况。可是我没办法离开 C 城，而阿尔芒又远在六七百法里之外。请允许我给您写封简信吧。夫人，对于您的病，我感到十分难过。请相信我，我真心希望您早日康复。
>
> 我的好友 H 先生会到您家去，请接待他一下。我请他替我做件事儿，我正焦急地等待这事儿的结果。
>
> 致以最亲切的问候。

这便是我收到的那封信。您父亲拥有一颗高贵之心，您得好好爱他，我的朋友，因为这个世界上值得爱的人很少。这张带着

237

他署名的信纸比我们最有名的大夫开的所有药方都要灵验得多。

今天早上，H先生来到这儿。杜瓦尔先生托付给他的难以捉摸的任务，让他显得很为难。他专程来替你父亲带给我1000埃居。开始我并不想要，可H先生告诉我，如果不收下会让杜瓦尔先生不高兴的。杜瓦尔先生托他先交给我这笔钱，之后再满足我的其他需要。您父亲的帮助并不能算是施舍。如果您回来时我已经没了，请把我刚刚写的这段关于他的话拿给他看看，告诉他，他写给她慰问信的那个可怜的姑娘，在写下这些文字的时候感激涕零，并为他祈祷。

1月4日

我刚刚挺过了一段痛苦万分的日子。我从未想到，身体能叫人如此痛苦。唉，我以往的生活啊！如今我已加倍偿还了。

每天晚上都有人照顾我，只是我透不过气来。我可怜一生余下的日子，就这样在胡言乱语和不停咳嗽中耗尽。

吃饭的房间里堆满了朋友们送来的糖果，还有其他各种各样的礼品。在他们中，肯定有些人指望着我将来能成为他们的情妇。倘若他们看到我已经被病魔摧残成什么模样，我想，他们一定会吓得惊慌而逃。

普鲁登丝用我收到的新年礼物借花献佛。

天冷得都结冰了，不过大夫跟我说，如果天一直晴朗，我过几天能出去散散步。

1月8日

昨天，我乘着自己的马车出门去了，天气很不错。真是个春光明媚的早春时节，香榭丽舍大街上人潮汹涌，周围一片欢乐的气象。我连想都不敢想，自己还能在阳光下找到以往那些令人感到喜悦、温暖和安慰的东西。

我几乎遇到了所有的熟人，他们始终在忙于寻欢作乐，一直都那么笑容满面。身在福中不知福的人真是太多了啊！奥林普乘着一辆漂亮的马车，那是 N 伯爵送给她的。她经过时想用眼神来奚落我。她哪里知道，我现在一点儿虚荣心也没有了。一个好心的年轻人，我的老熟人，问我想不想跟他共进夜宵。他说，他有个朋友很想认识认识我。

我苦笑了一下，然后将烧得滚烫的手伸给他。

我还从没见过有谁的脸色像他那么惊恐的。

下午 4 点，我回到家里，吃完饭的时候还很有胃口。

这次出门于我是有益处的。

我的病若好起来，那该有多好啊！

有些人昨天还觉得精神空虚，在压抑的病房里祈求早登极乐，可在见到了他人的幸福生活以后，居然有一种要继续活下去的想法。

1 月 10 日

指望着痊愈仅仅是在做梦。我又卧床不起了，身上搽满了药膏，灼得我生疼。以前千金难买的身体，如今怕是一文不值了！

一定是我们前生有太多罪孽，要不就是来生将享尽荣华，所以上帝才让我们的今生在赎罪与磨难中煎熬。

1 月 20 日

我始终都很难受。

昨天，N 伯爵给我送来了一些钱，我拒绝了。我不要这个人的任何东西，就是因为他，您才不在我身边。

哦，咱们在布吉瓦尔的日子是那么美好！此时此刻您在何方啊？

倘若我能活着走出这间屋子，我一定要去朝拜咱们一起生活过的那所房子，可看起来我只能被抬出去了。

我明天还能不能给您写信，谁知道呢？

1 月 25 日

我已经连续失眠了 11 个晚上了，我憋闷得出不来气，觉得自己随时都会死去。大夫叮嘱我别再写信了。陪伴我的是朱利·迪普拉，她倒允许我给您写几句。在我死去以前，难道您就不回来了吗？咱们之间的缘分就此永远结束了吗？我好像觉得只要您来了，我的病就会好起来。可是，病好了又怎么样呢？

1 月 28 日

今天早上，一阵大吵大闹的声音将我惊醒。在我房间里睡觉的朱利，赶紧跑到吃饭的房间里去了。我听到她在跟一群男人争吵，但毫无用处。她哭着跑了回来。

他们是来查封东西的。我告诉朱利，随他们做自己所谓的司法之事吧。法警戴着帽子来到我的房间，他拉开所有的抽屉，将所见之物一一登记。他似乎没看到床上一个要死去的女人。幸亏法律仁慈，没把这张床也查封掉。

在离开的时候，他终于跟我说了一句。他说我可以在 9 天内申诉，但他将一个看守留了下来。老天哪，我要成什么啦！因为这场风波，我的病情加重了。普鲁登丝想跟您父亲的朋友去要一些钱，遭到了我的反对。

今天早上我收到了您的信，这是我期盼已久的。您能及时收到我的回信吧？您还能看到我吗？今天是个幸福的日子，它让我将六周里所受的苦全都忘了。虽然在写回信的时候我心情抑郁，但我还是觉得舒服了些。

总之，人总不会一直走霉运吧。

我还想到，可能我死不了，可能您会回来，可能我还能再看到春景，可能您还爱着我，可能我们还可以再过上去年的日子！

我简直是疯了！我都快拿不稳笔了，我正在用这支笔把心里的胡思乱想告诉您。无论怎样，我一直都非常非常爱您，阿尔芒，如果我没有关于我们爱情的回忆和再次看到您回到我身边的一丝希望的支撑，我或许早就不在了。

G 伯爵回来了。他被他的情妇骗了，很难过，他其实很爱她。他将所有的事都告诉我。这个可怜的年轻人事业不太顺，即便如此，他仍旧给了针对我的法警一笔钱，并打发走了那个看守。

我跟他提起了您，他答应我跟您聊聊我的情况。在此时此刻我居然不记得自己曾做过他的情妇，而他也希望我将这件事忘掉。他人可真好！

昨天公爵叫人来了解我的病情，今早他自己来了。我不知道这个老人是如何活到现在的。他在我身旁待了三小时，跟我没说几句话。当我这般苍白的模样呈现在他面前时，两颗豆大的泪珠从他眼睛里滴了下来。他肯定是想到了自己女儿的死才落泪的。他即将第二次看到她去世了。他弓着身子，耷拉着脑袋，嘴唇垂下来，目光无神。他衰败的身体上扛着两个重负，一个是年纪大了，一个是痛苦。他连一句责备我的话也没说。不过别人甚至会说他暗自庆幸病魔对我的摧残。他似乎为自己还能站起来感到骄傲，而我虽年纪轻轻就已经病入膏肓。

天气又变差了，没人来看我。朱利尽其所能地照顾着我。因为我无法像之前那样给普鲁登丝那么多钱了，所以她开始找借口不来我这儿了。

无论大夫们说什么，我如今都已经快死去。我有好多个大夫，这说明我的病情在恶化。我几乎后悔当初听了您父亲的话，假如我早知道我只需要占用您未来生活中的一年，我或许还会坚持跟您携手一年的愿望，起码我在死去时还能握着朋友的手。不过，如果我们这一年在一起，我也一定不会死得这么快。

上帝的意志是无法违背的！

2月5日

哦，快来，快来啊，阿尔芒，我难受得要死了。我就要死了，我的天。昨天我是如此悲伤，以至于我都不想留在家里，而宁愿到其他地方过夜了。这个晚上会如同前天晚上那样漫长。早上公爵来了，这个被死神忘记的老头儿，他一来仿佛就在催我快点儿死去。

虽然我高烧不退，但我还是让人给我穿好了衣服，乘着车去了歌舞剧院。朱利帮我搽了些脂粉，不然我真有些像一具死尸。我去了那个跟您初次约会的包厢。我目不转睛地盯着您那天坐的位子，可昨天那个地方坐着的是个乡巴佬，一见演员插科打诨就粗鲁大笑。人们送我回到家里的时候，我已经只剩下半口气了。一整晚我都在咯血，今天连话都说不出来了，胳膊也几乎都无法动弹。天哪，天哪，我就要死了！我原本就是在等死，可让我想不到的是，我所遭受的痛苦是如此无法忍受。如果……

从这儿开始，玛格丽特勉强写出来的几个字已经模糊不清。接下来写信的是朱利·迪普拉。

2月18日

阿尔芒先生：

打玛格丽特硬要去看戏那天开始，她的病情就每况愈下，完全说不出话来了，接着手脚也动不了了。我们那可怜的朋友忍受着难以言表的痛苦。我一直觉得害怕，我可没受到过这样的刺激。

我是多么希望您在这儿，她几乎一直在胡言乱语，但不管她在昏迷还是醒着，只要她能说出几个字来，那就是您的名字。

大夫告诉我，她的时间已所剩无几。自从她病危，老公爵再也没来过。

他告诉过大夫，说看到这种景象让他感觉太痛苦了。

迪韦尔诺瓦太太做人真差劲，这个女人几乎一直全靠玛格丽特过活，她以为还能在玛格丽特那儿得到更多的钱，所以她欠下了好些难以偿还的债。一见她的邻居已对自己毫无用处，她就连看也不来看她了。所有的人都抛弃了她。G伯爵由于债务又起程去了伦敦，临走时，他又给我们送来了一些钱。他已经仁至义尽了。可是，又有人来查封东西了。债主们就等着她一死，便拍卖她的东西。

原本我想用自己仅剩的一些钱阻止他们查封，可法警却对我说这没什么用，他还要执行其他的判决。既然她快走了，那还是放弃这一切吧，又何必为了那些她不想看到且从来也没爱过她的家人留下什么东西呢？您肯定想不到这可怜的姑娘是如何在表面富丽实则穷困的境况中死去的。昨天我们已经一分钱都没有了。餐具、首饰、披肩，全当了，其他的不是卖了就是被查封了。对于身边发生的事，玛格丽特还很清楚。无论在身体上，还是在精神上，她都觉得痛苦万分，脸颊上滚落下豆大的泪珠。她的脸是如此苍白瘦削，就算您见到，也会认不出这就是您以前那样喜爱的人的脸庞。她让我答应她在她无法写字后给您写信，现在我就在当着她的面写信。她的眼睛在望着我，可是她已经看不到我了。她的眼已经被即将到来的死亡蒙住了，可她依然在微笑。我能断定，她的全部思绪和整个灵魂都在您那儿。

每当有人开门，她的眼睛就会一亮，总觉得下面进来的人就是您。随后，她清楚地知道那不是您，脸上又显现出痛苦的表情，并冒出一阵阵冷汗，双颊涨得通红通红的。

2月19日深夜

今天这个日子，真的是太凄惨了啊，可怜的阿尔芒先生！早上玛格丽特断了气了，大夫帮她放了血，她又能稍稍发出些声音了。大夫劝她请个神父，她应允了，于是大夫亲自去圣罗克教堂去请神父了。

这个时候，玛格丽特将我喊到床边，请求我帮她打开衣橱。她指着一顶便帽和一件镶满花边的长衬衣，有气无力地告诉我："做完忏悔，我就要死去了，那时候你就把这些东西给我穿戴上：这便是一个垂死女人的打扮。"

接着，她又哭泣着抱着我，她还说："我能说话了，可我说话的时候憋得难受，闷死我了！我要空气！"

我将窗子推开，此时已泪如雨下。没过多久，神父就来了。

我朝神父走过去。

当他得知自己在谁家中时，他似乎很担心受到冷遇。

"放心进来吧，神父。"我对他说。

他在病人的屋子里没待多长时间，就出来告诉我："她生前是个罪人，但她会像基督徒那样死去。"

没过一会儿，他又回来了，带来了一个唱诗班的孩子。那孩子手里举着一个耶稣受难十字架。还有一个人在他们前面走着，是教堂侍役。他摇着铃，示意上帝降临即逝者之家。

他们三人一起走进卧室，以前在这个屋子里听到的都是些奇怪的言语，如今这儿却变成圣洁的神坛。

我跪了下去，虽然不知道这一幕景象给我留下的印象能保留多长时间，但是我相信，之前世界上还没有什么事给我留下过如此深刻的印象。

神父在临终者的手脚和前额上涂抹了圣水，然后背诵了一小段经文。玛格丽特就此准备登天了。倘若上帝看到了她生前的苦难和死时的圣洁，她必定能上天堂。

从那之后，她一言不发，也一动不动。有好些次，如果我没听到她喘息的声音，还以为她已经故去。

2 月 20 日下午 5 点

全都结束了。

大概在凌晨 2 点，玛格丽特进入了弥留状态。从她的呻吟声里可以听出，从没有哪个殉难者受过这样的折磨。有两三次她在床上笔直地坐了起来，似乎是想挽回她即将上升到天堂去的生命。

还有两三次，她喊着您的名字，接着便是一阵寂静。她筋疲力尽地摔在床上，眼泪悄悄地从她的眼睛里流了出来。她走了。

于是，我走到她身旁，喊她的名字。她没有回应，我就帮她合上了眼睛，并在她的额头上吻了一下。

可怜的、亲爱的玛格丽特啊，我多么希望自己是个女圣徒，好通过这个吻将她交给上帝。

接下来，我就按照她生前的意愿，为她穿戴整齐。我去圣罗克教堂找来了一位神父。我为她点燃了两支蜡烛，还在教堂里为她祈祷了一个钟头。

我把她用剩的一些钱施舍给了穷人。

我对宗教不太了解，但我相信仁慈的上帝会承认我眼泪的真诚、祈祷的虔诚和施舍的诚心。上帝将会怜悯她，她这么年轻漂亮就去世了，只有我一个人帮她合上眼睛，为她入殓。

2 月 22 日

今天入葬了。有很多玛格丽特的女性朋友来到了教堂，其中几个还落下了真诚的眼泪。送葬的队伍朝着蒙马特公墓走去，后面只跟着两个男人。

G伯爵，他是专程从伦敦赶过来的；

还有公爵，他由两个仆人搀扶着。

我在她家里开着灯，眼含泪水将全部经过写给您看。有一份晚餐摆在燃着的暗淡灯火旁。您能想象到，我一点儿也吃不下。这是纳妮娜吩咐人做给我的，因为我已经整整一天没吃东西了。

这些凄惨的景象在我的记忆里不会停留太久，因为我的生命并不属于我，就像玛格丽特的生命并不属于她一样。所以，事情一发生我就把它们告诉您，生怕时间久了，等您再回来的时候，我就没办法把这些凄惨的景象确切地说给您听了。

❧第二十七章

"您看完了吧？"在我看完这些手稿时，阿尔芒对我说。

"我的朋友，倘若我所看到的一切都是真的，那么我就明白您遭受了什么！"

"我父亲的一封来信也向我证实了。"

我们又聊了一会儿，说到刚刚结束不久的这段不幸遭遇，之后我回到家中休息了一会儿。

阿尔芒仍旧很伤心，但在了解了这个故事之后，他放轻松了些，并且很快就康复了。我们一起去拜访了普鲁登丝和朱利·迪普拉。

普鲁登丝不久前破了产，她告诉我们那是玛格丽特造成的。在生病期间，玛格丽特跟她借了很多很多钱，开出了许多她无力偿付的期票。还没有还上这些钱，玛格丽特就死了，又没给普鲁登丝收据，所以普鲁登丝也不能算是债权人。

迪韦尔诺瓦太太到处去散布这个无稽之谈，作为她经济窘困的借口。她向阿尔芒讨要了一张 1000 法郎的钞票。阿尔芒并不相信这个谎言，但他宁愿表现得信以为真，因为他对有关他情妇的一切都怀有敬意。

接下来，我们去了朱利·迪普拉的家。朱利·迪普拉跟我们讲述了她亲眼看到的不幸之事。在想起她的朋友时，她流出了真诚的热泪。

最后，我们去了玛格丽特的坟墓。在那儿，4月里太阳的初辉已经催开了新叶。

阿尔芒还有最后一件理所当然要做的事儿，那就是去见见他的父亲。他仍旧希望我能陪他去。

我们到达了C城，在那儿，我见到了杜瓦尔先生。他就像他儿子向我描述的那样：魁梧，威严，和蔼。

他含着幸福的泪花问候阿尔芒，还亲切地跟我们握手。我很快就意识到，在这个税务官身上，父爱超越了一切。

他的女儿布兰奇，眼睛透亮，目光清澈。她那安详的嘴唇表明在其灵魂里只有圣洁之思，而嘴中所言的也尽是虔诚之语。见哥哥归来，她满脸微笑。这个天真纯洁的少女不会知道，仅仅为了自己的姓氏，一个遥不可及的妓女就牺牲了自己的幸福。

在这个幸福的家庭里，我们住了一段时间。他们都在为这个给他们带来一颗治愈了的心的人忙碌着。

我返回巴黎，并在那里写下了这篇故事。它只有一个可取之处，那就是它是真实的。

我并不能从这篇故事里得出如此结论：所有像玛格丽特那样的姑娘都能够做她所做的那些事。但据我所知，她们之中有一个姑娘曾在生活中经历了一次真爱，并为此遭受痛苦，直至死去。我把自己了解到的东西讲给读者听，这是一种责任。

我并不是罪恶的使徒，但无论我在什么地方听到有这种高贵的不幸人儿在祈祷，我都会做出回应。

我要再说一遍，玛格丽特的故事是个特例。但话又说回来，如果这个故事带有普遍性，那反而不值得写了。